Sven Nordqvist

Morgen, Findus, wird's was geben

Deutsch von Angelika Kutsch

Verlag Friedrich Oetinger · Hamburg

Pettersson und Findus bei Oetinger

Bei Oetinger sind viele lustige Geschichten mit Pettersson und Findus in Bilderbüchern, in Kinder- und Sachbüchern und als Hörbuch erschienen. Spielen, malen und mehr kann man mit dem neugierigen Kater und seinem erfinderischen Freund in Beschäftigungsheften.

MIX
Papier | Fördert gute Waldnutzung
FSC® C002795

31. Auflage

Die schwedische Originalausgabe erschien bei Bokförlaget Opal AB, Stockholm, unter dem Titel »Tomtemaskinen«
Deutsch von Angelika Kutsch
Druck und Bindung:
Livonia Print SIA, Jūrkalnes iela 15/25, LV-1046 Riga, Lettland
Printed 2025
ISBN 978-3-7891-4307-6

www.pettersson-und-findus.de
www.oetinger.de

Kapitel 1

Es schneite auf Petterssons Haus. Schon eine ganze Woche lang hatte es geschneit, und jetzt lag eine weiße Decke auf dem Haus des Alten, dem Holzschuppen, dem Plumpsklo, dem Hühnerstall und dem Tischlerschuppen. Die Äcker und Wiesen rundum waren weiß und weich, und es sah genau so aus, wie es aussehen muss, wenn bald Weihnachten ist.

In der Küche saßen Pettersson und der Kater Findus, sie aßen Grütze und guckten den Schneeflocken zu, die draußen vorm Fenster wirbelten.

„Jetzt dauert es nicht mehr lange, dann ist Weihnachten, Findus", sagte Pettersson.

Findus guckte mit einem Auge durch Daumenkralle und Zeigekralle und tat so, als ob er Schneeflocken fing.

„Wie lange dauert es denn noch?", fragte er und fing eine Schneeflocke.

„Vierundzwanzig Tage."

Findus zuckte zusammen und starrte den Alten erschrocken an.

„Vierundzwanzig Tage! Das ist ja noch furchtbar lange! Mindestens eine Woche."

„Ach was, das geht schnell. Und bis dahin haben wir noch so viel zu tun. Pfefferkuchen backen und sauber machen und einen Tannenbaum schlagen und uns Weihnachtsgeschenke ausdenken …"

„Warum bringt uns der Weihnachtsmann nicht die Weihnachtsgeschenke?", unterbrach Findus ihn.

„Der Weihnachtsmann? Was weißt du denn vom Weihnachtsmann?"

Pettersson sah den Kater erstaunt an. Vom Weihnachtsmann war bisher nie die Rede gewesen. Katzen können Weihnachten auch ohne Weihnachtsmann feiern. Aber Findus war natürlich nicht so wie andere Katzen.

„Ich hab gehört, wie die Kinder gesagt haben, dass der Weihnachtsmann die Weihnachtsgeschenke bringt. Ich finde, dann könnte er auch zu uns kommen", sagte Findus.

„Schon, aber vielleicht weiß er nicht, dass es uns gibt", sagte Pettersson.
„Er weiß nicht, dass es uns gibt?! Aber wir sind doch hier!", sagte Findus verwundert. „Kannst du ihm denn nicht sagen, dass es uns gibt?"
Pettersson kaute ganz langsam auf seiner Grütze und dachte nach. Von ihm aus konnte Findus gern glauben, dass der Weihnachtsmann vielleicht kommen würde, aber er wollte nicht zu viel versprechen.
„Doooch ... Vielleicht kann ich das ...", sagte er schließlich. „Es ist nur so, dass man nie genau weiß, ob man ihn auch erreicht. Niemand weiß, wo er wohnt. Aber wir können ja mal was ausprobieren. Das hat funktioniert, als ich klein war. Leider nicht immer. Beim Weihnachtsmann weiß man eben nie."
„Bist du denn mal klein gewesen?", fragte Findus und sah den Alten neugierig an.
„Na klar", sagte Pettersson. „Jeder ist mal klein gewesen."
„Hattest du damals auch schon einen Bart?"
„Und ob. Ich sah genauso aus wie jetzt, nur kleiner."

Findus kicherte. Dann fragte er wieder: „Aber was habt ihr gemacht, damit er kommt?"
„Ja, also, man schreibt eine Wunschliste auf einen kleinen Zettel und packt ihn in einen Schneeball", erklärte Pettersson. „Am Abend baut man eine Schneehöhle, und den Schneeball mit dem Wunschzettel legt man ganz oben drauf. Wenn die Schneehöhle am nächsten Morgen zusammengebrochen ist, kann man ziemlich sicher sein, dass der Weihnachtsmann da gewesen ist und den Wunschzettel mitgenommen hat, und dann kommt er Heiligabend vielleicht."

Findus war furchtbar aufgeregt.
„Das machen wir auch! Sofort! Hol schnell einen Zettel."
Findus fiel nur ein einziger Wunsch ein: noch einen Ski. Im letzten Winter hatte Pettersson dem Kater nämlich ein Paar Skier machen wollen, war aber nur mit einem Ski fertig geworden, und dann kamen der Frühling und der Sommer, und dann haben sie die Skier vergessen. Aber den zweiten Ski, fand Findus, sollte der Alte selber machen. Vom Weihnachtsmann wünschte er sich eine Überraschung. Pettersson schrieb „Überraschung" auf einen Zettel.
„Und außerdem will ich, dass er kommt. Schreib das auch hin", sagte Findus.
Pettersson schrieb: „Dass der Weihnachtsmann Heiligabend kommt."

„So", sagte Pettersson. „Wenn du deine Grütze aufgegessen hast, kann's losgehen."
„Aber … ich hab etwas für die Hühner übrig gelassen", sagte Findus. „Die mögen kalte Grütze. Und jetzt wollen wir eine Schneehöhle bauen!"
Die bauten sie vorm Küchenfenster, sodass sie die Schneehöhle sehen konnten, wenn sie drinnen am Tisch saßen. Den letzten Schneeball legte Findus obenauf. In dem Schneeball war der Wunschzettel.

„Licht zünden wir erst an, wenn es dunkel wird, sonst reicht die Kerze nicht", sagte Pettersson.
„Kommt der Weihnachtsmann erst, wenn man die Kerze angemacht hat?", fragte Findus.
„Genau", sagte Pettersson. „Man muss sie erst anzünden. Und außerdem muss es dunkel sein. Der Weihnachtsmann zeigt sich nicht gern."

Für einen kleinen Kater ist es sehr langweilig, wenn er warten muss, bis es dunkel wird. Pettersson holte Feuerholz und schippte Schnee, aber obwohl er eine ganze Weile damit zu tun hatte, war es immer noch hell. Als sie wieder hineingingen, fragte Findus, wann es dunkel wird.
„Ungefähr gegen vier Uhr", sagte Pettersson.
„Wann ist es ungefähr vier Uhr?"
„Bis dahin ist es noch lange. Guck doch auf die Uhr."
Findus ging in die feine Stube und guckte auf die Kuckucksuhr, die an der Wand hing. Eine ganze Weile saß er da.
„Pettersson! Es hilft nichts! Ich gucke und gucke, aber es wird trotzdem nicht dunkel."

Pettersson kam herein und guckte auch auf die Uhr. Sie war stehen geblieben. Er zog sie auf und drehte an dem Zeiger. Jedes Mal, wenn der große Zeiger oben ankam, musste er einen Augenblick warten, damit der Kuckuck herauskommen und Kuckuck rufen konnte.

„Wenn der große Zeiger genau nach oben zeigt und der kleine Zeiger hier steht, auf vier, dann ist es vier Uhr. Dann ist es sicher dunkel", sagte Pettersson. „Jetzt mach mal was anderes. Die Zeit vergeht so langsam, wenn man auf etwas wartet."
Eine Weile übte Findus, rückwärts aufs Sofa rauf- und wieder runterzuspringen. Hin und wieder guckte er aus dem Fenster um zu sehen, ob es schon dunkel geworden war. Dann guckte er auf die Uhr. Die ging wahnsinnig langsam, fand er. Schließlich kletterte er auf einen Stuhl und drehte an dem großen Zeiger. Zuerst kam der Kuckuck raus und schrie dreimal, dann schrie er viermal. Findus lief zu Pettersson in die Küche.

„Jetzt ist es vier Uhr, jetzt ist es dunkel!", rief er. „Jetzt machen wir die Kerze an."
„Nee du", sagte Pettersson. „Ich hab wohl gehört, dass du geschummelt hast. Es ist ja immer noch hell. Wenn wir die Schneehöhle von hier drinnen nicht mehr sehen können, dann ist es dunkel."
Findus setzte sich an den Küchentisch und guckte nach draußen. Langsam begann es zu dämmern, aber dunkel war es immer noch nicht, das konnte nicht mal Findus behaupten.

So ganz richtig sehen kann man die Schneehöhle ja auch nicht mehr, dachte er und blinzelte. Es gibt Sachen, die ich schon besser sehen konnte. Er blinzelte so sehr, dass er die Augen fast geschlossen hatte.
„Pettersson, ich kann die Schneehöhle nicht mehr sehen. Am besten, wir machen jetzt die Kerze an."
Der Alte seufzte und legte die Zeitung weg.
„Heute vergeht die Zeit wirklich furchtbar langsam", sagte er. „Na, dann mal los."

Findus saß wieder auf dem Küchentisch und betrachtete die Schneehöhle, die da draußen leuchtete. Es wurde immer dunkler. Schließlich sah er nur noch die helle Küche, die sich in der Fensterscheibe spiegelte. Er drückte sein Gesicht gegen das Glas. Er wollte sehen, wenn der Weihnachtsmann kam.
„Das kann dauern", sagte Pettersson. „Ich glaub, der Weihnachtsmann kommt erst, wenn du schläfst. Wahrscheinlich steht er hinter einem Baum und sieht, wenn du eingeschlafen bist, und dann schleicht er sich an."
Findus tat so, als ob er schliefe. Er guckte nur durch die Augenschlitze. Er sah das schwache Licht aus der Schneehöhle, alles andere war dunkel. Und ohne dass er es merkte, sanken die Augenlider langsam herunter, und dann war er eingeschlafen.

Kapitel 2

„Der Weihnachtsmann kommt! Der Weihnachtsmann kommt! Die Schneehöhle ist zusammengebrochen, und er hat meinen Wunschzettel weggenommen. Ich krieg eine Überraschung!"
Es war früh am Morgen, Findus war aufgeregt zu den Hühnern gestürzt.
Die Hühner waren noch gar nicht richtig wach. Sie verstanden nicht, was der Kater meinte, begriffen nur, dass etwas Außergewöhnliches, Schreckliches passiert war. Das gab ein mächtiges Gegacker und Geflatter.
„Der Weihnachtsmann ko-ko-ko-ko-ko-kommt! Die Schneehöhle ist zusam-

mengebro-bro-bro-bro-brochen! Er hat den Wunschzettel weggenommen. Pettersson! Hiiiilfe!“

Pettersson kam angelaufen. „Jetzt mal ganz ruhig“, rief er, „nichts ist gefährlich. Sei mal still, Findus. So, ja.“

Es wurde ein wenig ruhiger.

„Das war nämlich so“, erklärte Pettersson, „wir haben gestern eine Schneehöhle mit Licht für den Weihnachtsmann gebaut und ihn gebeten, Findus ein Weihnachtsgeschenk zu bringen. Das ist überhaupt nicht gefährlich. Der Weihnachtsmann ist lieb. Er kommt Heiligabend. Bis da ist es noch lange hin. Ihr braucht keine Angst zu haben.“

„Wir wollen auch ein Weihnachtsge-ge-ge-ge-schenk“, sagten die Hühner. „Wann kommt er? Wo ist das Schneelicht?“

„Klar doch, ihr kriegt Weihnachtsgeschenke. Aber es dauert noch ein bisschen, bis er kommt. Wenn er kommt. Das wissen wir nicht. Denkt nicht dran, es dauert noch lange. Schlaft jetzt … Oder legt Eier oder was ihr grade vorhabt. Schön ruhig, tschüs, tschüs.“

Die Hühner gackerten noch eine ganze Weile sorgenvoll weiter, nachdem Pettersson und Findus gegangen waren.

„Du darfst sie nicht so erschrecken“, ermahnte Pettersson Findus. „Die Hühner kapieren nicht sehr viel und machen sich bloß unnötige Sorgen.“

„Aber ich wollte ihnen doch nur erzählen, dass der Weihnachtsmann kommt. Darf man sich denn nicht freuen?“

„Doch, klar. Aber wir können ja noch nicht ganz sicher sein, dass er kommt.“

„Aber …“, sagte Findus und sah den Alten mit großen Augen an, „die Schneehöhle ist doch zusammengebrochen … Und der Zettel war weg. Du hast doch gesagt …“

Pettersson merkte, wie enttäuscht Findus war.

„Jetzt sei nicht traurig“, sagte er. „Ich bin sicher, dass der Weihnachtsmann kommt. Als ich klein war, hat das meistens geklappt.
Es ist nur so, dass ich langsam alt werde. Ich weiß nicht mehr genau, wie es funktioniert hat, und deshalb bin ich ein wenig unsicher. Also du brauchst dich um gar nichts zu kümmern. Wir hoffen einfach, dass der Weihnachtsmann kommt. Irgendwie.“
„Was soll das heißen, irgendwie?“, fragte Findus.
„Tja, vielleicht klopft er nicht direkt an die Tür, aber vielleicht lässt er ja einen Sack mit Weihnachtsgeschenken da.“
„Aber er soll doch kommen und anklopfen. Säcke haben wir selbst“, sagte Findus. Seine Stimme klang sehr enttäuscht.
„Wir werden ja sehen“, versuchte Pettersson ihn zu trösten. „Aber man weiß nie. Das ist doch gerade so spannend. Wir werden sehen.“

Genau in dem Augenblick, als Pettersson nicht wusste, was er tun sollte, damit Findus wieder fröhlich wurde, kamen die Nachbarskinder Lasse und Josefina den Weg herauf. Mit denen spielte Findus gern. Also vergaß er den Weihnachtsmann und lief ihnen entgegen. Sie wollten ein paar Eier kaufen. Pettersson lud sie zu Saft und Pfefferkuchen ein, und die Kinder erzählten, wie das ist, wenn Heiligabend der Weihnachtsmann kommt.
Pettersson merkte, wie interessiert der Kater zuhörte. Ihm selbst gefiel das viele Gerede über den Weihnachtsmann überhaupt nicht. Das könnte zum Problem

werden. Deshalb sagte er, dass man früher, als er klein gewesen war, nie ganz sicher sein konnte, ob der Weihnachtsmann kam.
Aber die Kinder wollten ihm nicht zustimmen. Nein, zu ihnen kam er jedes Jahr, und sie standen jedes Mal am Fenster, wenn er mit seiner Laterne um die Ecke bog. Und wenn er an die Tür klopfte, liefen sie hin und öffneten. Meistens kam er herein und trank ein Glas Punsch, und dann verteilte er die Weihnachtsgeschenke. Aber einmal hatte er nur den Sack abgegeben und gesagt, er müsse wieder gehen.
„Genau", sagte Pettersson. „So ist das manchmal. Ziemlich oft, glaub ich. Als ich klein war, hat er den Sack nur reingeworfen, fröhliche Weihnachten gesagt, und weg war er. Oft kriegte man ihn gar nicht zu sehen. Ich glaub, so ist das jetzt meistens auch."
Da erzählte Lasse, dass der Weihnachtsmann in England durch den Kamin kommt. Die Kinder hängen am Abend vorher Strümpfe in den Kamin, und morgens sind Geschenke drin.
Misstrauisch schielte Findus zum Herd. Da hingen einige Wollsocken zum Trocknen. Aber Pettersson machte diese Neuigkeit ganz glücklich.
„Das klingt doch richtig gut, Findus", sagte er fröhlich. „Was denen in England alles einfällt! Ich finde, so machen wir es auch. Wir hängen Strümpfe in den Kamin, und am nächsten Tag sind unsere Geschenke drin, und dann wissen wir, dass der Weihnachtsmann da gewesen ist. So einfach ist das. Ist das nicht toll, Findus?"

Der Kater starrte den Alten böse an. „Ich will einen richtigen Weihnachtsmann, der an die Tür klopft, und keine Strümpfe“, fauchte er.
Pettersson hatte schon verstanden, dass Findus einen Weihnachtsmann haben wollte wie die Kinder. Da war nichts zu machen.
Findus ging mit hinaus, als die Kinder nach Hause mussten. Pettersson sah ihnen eine Weile nach. Wie sollte er Findus darauf vorbereiten, dass es nicht so sicher war, ob wirklich ein Weihnachtsmann zu ihm kam?

Als die Kinder in einer Wegbiegung verschwunden waren, kam Findus zurück. Er hatte Schnee im Fell und schüttelte sich.
„Pettersson“, sagte er, „hast du gehört, dass der Weihnachtsmann Heiligabend immer kommt? Dann muss er ja wohl auch zu uns kommen, wenn wir ihn darum bitten, sonst ist das ungerecht.“
„Ja, das finde ich auch“, sagte Pettersson. „Hoffentlich tut er das auch. Aber Weihnachtsgeschenke kriegst du auf jeden Fall, das kann ich dir versprechen.“
„Ich will nur ein einziges Weihnachtsgeschenk, der Weihnachtsmann soll herkommen. Ich will ihn sehen. Wenn er nicht kommt, will ich nie mehr Weihnachten feiern!“
Pettersson verstand, wie traurig Findus wäre, wenn der Weihnachtsmann nicht käme. Das ganze Weihnachtsfest wäre verdorben. Er würde glauben, dass der Weihnachtsmann zu allen auf der ganzen Welt kommt, nur nicht zu ihm. Pettersson musste sich etwas einfallen lassen. Aber im Augenblick hatte er keine Ahnung, was er tun sollte.
„Sei nicht traurig, Findus“, sagte Pettersson. „Ich bin sicher, dass der Weihnachtsmann auch zu dir kommt.“
„Versprichst du, dass er kommt?“, sagte Findus und er sah gleich ein wenig fröhlicher aus.

Pettersson zögerte noch ein bisschen.
„Ja, ich verspreche dir, er kommt."
Damit hatte Pettersson neuen Kummer, der ihn bis Weihnachten beschäftigen würde. Bis jetzt hatte er noch keine Idee, was er tun sollte. Irgendwie krieg ich das schon hin, dachte er. Aber ein Strumpf im Kamin wäre einfacher gewesen.

Kapitel 3

Als Pettersson am nächsten Tag Schnee schippte, dachte er wieder über den Weihnachtsmann nach. Er hatte versprochen, dass er Heiligabend kommen würde. Aber man darf nichts versprechen, was man nicht halten kann. Er konnte unmöglich einen der Nachbarn bitten, den Weihnachtsmann für einen Kater zu spielen! Dann würden sie doch glauben, er wäre nicht ganz richtig im Kopf. Und er konnte auch nicht selbst den Weihnachtsmann spielen und Findus allein lassen.

Nein, ich muss … irgendwie muss ich selbst einen machen, dachte er. Aber … ich kann doch keine Puppe vor die Tür stellen, die muss sich ja auch bewegen, damit sie echt aussieht. Ich muss eine Puppe basteln, die sich bewegt, die an die Tür klopft, ein Paket abgibt und weggeht. Und die möglichst auch fröhliche Weihnachten sagt. Wie soll ich das schaffen? Das kann ich nicht. Es geht nicht.

Er packte die Schaufel, aber dann hielt er wieder inne …

Oder schaff ich es?, überlegte er. Maschinen bewegen sich ja auch. Und ein Hampelmann bewegt sich, sobald man am Band zieht. Vielleicht … ist es doch nicht … ganz unmöglich … Er blieb mit der Schaufel voller Schnee in der Hand stehen und dachte nach. Findus schlich sich von hinten an, machte einen Riesensatz nach vorn und schrie ihm „BUH!“ ins Ohr. Pettersson stöhnte und zuckte zusammen, sodass ihm der Schnee auf die Hosen fiel.

„Hab ich dich erschreckt?“, fragte Findus fröhlich.

„Ja, wirklich“, sagte Pettersson und wischte sich den Schnee ab. „Ich hab grad über was nachgedacht.“

„Erfindest du etwas? Du hast ausgesehen, als ob du etwas sehr Kompliziertes im Kopf baust.“

Pettersson lachte. „Ja, kompliziert kann man es wirklich nennen.“

„Was ist es?“, fragte Findus. Er lief um die Beine des Alten herum, rundherum. „Ist es was Schönes? Eine Überraschung? Für mich?“

„Nee, es ist überhaupt nichts Schönes“, sagte Pettersson und versuchte, gleichgültig auszusehen. „Es ist eine sehr langweilige Erfindung.“

„Was ist es denn, was ist es denn“, quengelte Findus. „Was – ist – es – denn?“

Pettersson formte einen Schneeball.

„Es ist ein … Schneeballwerfer! Der alle neugierigen Kater mit Schneebällen bewirft."
Er feuerte den Schneeball in Richtung Findus. Der Kater sprang zur Seite und feuerte zurück, und schon war eine richtige Schneeballschlacht im Gange. Petterssons Hut wurde getroffen und fiel ihm vom Kopf, und schließlich humpelte Pettersson zu einem Schneehaufen und setzte sich.
„Pust! Jetzt kann ich nicht mehr", sagte er. „Wir müssen rein und dich zum Trocknen aufhängen, dein Fell ist ja ganz nass. Genau, ich muss Holz nachlegen. Das Feuer ist bestimmt ausgegangen."
So wird es mir wahrscheinlich die ganze Zeit gehen, wenn ich versuche, einen Weihnachtsmann zu bauen, dachte Pettersson. Findus wird mich dauernd fragen, was ich tue. Er muss dabei sein und helfen dürfen wie immer und trotzdem nicht merken, was ich tue. Also muss ich ihn täuschen und ihm was anderes erzählen. Aber was? Was ist so ähnlich wie eine Weihnachtsmannpuppe, die sich bewegen kann?
Er öffnete die Ofenluke.
„Ja, es ist mal wieder ausgegangen", brummelte er. „Man müsste einen automatischen Ofen haben, der sich das Holz selbst reinwirft, wenn es nötig ist."
„Was hast du gesagt?", fragte Findus.
„Ich hab gesagt, dass man einen automatischen Holzeinwerfer braucht … Genau! Das kann ich ja sagen!"
„Was kannst du sagen – ein Atto-was?"

„Einen automatischen Holzeinwerfer", sagte Pettersson. „Also ein Apparat, der selbst Holz einwirft. Der muss vorm Ofen stehen, hier, und wenn ein Holzscheit abgebrannt ist, klopft es gegen die Luke und sagt: ‚Sind da noch ein paar nette Holzscheite?' Nee, das braucht es natürlich nicht zu sagen, es genügt, wenn der automatische Holzeinwerfer die Luke öffnet und einen Sack voll reinwirft … Na ja, voller Scheite, das wäre wohl zu viel, aber jedenfalls ein paar Stöckchen. Und dann geht er."
„Geht der?", fragte Findus erstaunt.
„Nein, er STEHT", sagte Pettersson. „Er muss vorm Ofen stehen bleiben. Und nach einer halben Stunde wirft er wieder ein Stöckchen ins Feuer."
„Es muss also nicht erst von drinnen klopfen?", fragte Findus.
„Neeee", sagte Pettersson. „Klar braucht der nicht erst zu klopfen. Der nicht."
„Der nicht?" Findus guckte den wirren Alten misstrauisch an. „Was soll das heißen – der nicht? Du redest komisch, Pettersson. Willst du dich nicht hinsetzen und ein bisschen Kaffee trinken? Das scheinst du zu brauchen."
„Ja, danke. Das ist eine gute Idee. Genau das will ich."

Pettersson machte es sich mit einer Tasse Kaffee, Papier und Bleistift bequem. Er nahm einen Schluck Kaffee und zog ein paar Linien.
„Was ist das?", fragte Findus.
„Ich will so einen Holzeinwerfer zeichnen. Das da ist der Ofen", sagte Pettersson. „Hier ist die Luke."
„Aha."

Eine Weile war es still, während Pettersson mit abwesendem Blick nachdachte. Er trank noch einen Schluck Kaffee.
„Jetzt bloß noch der attomatische Holzeinwerfer“, sagte Findus schließlich.
Pettersson warf ihm einen ungeduldigen Blick zu.
„Ich kann nicht nachdenken, wenn du da so rumstehst und mich anguckst. Geh und tu irgendwas. Oder geh schlafen.“
„Wir sind doch gerade erst aufgestanden!“, sagte der Kater.
„Das macht nichts“, sagte Pettersson noch ungeduldiger. „Leg dich im Schmortopf schlafen. Still jetzt, ich hatte grade eine Idee.“
Pettersson versank in Grübeleien. Es sah aus, als ob er es richtig interessant fände, sich eine Weihnachtsmannpuppe auszudenken, die sich bewegen kann. Im Schmortopf zu schlafen, war eine ungewöhnlich gute Idee, dafür, dass sie von einem so wirren Alten kam, fand Findus. Nicht, dass er besonders müde gewesen wäre, aber es war schon lange her, dass er in einem Schmortopf geschlafen hatte.

Kapitel 4

Pettersson saß auf dem Sofa in der guten Stube und versuchte, sich Heiligabend vorzustellen.

Dann sitzen wir also hier nach dem Weihnachtsessen. Die Kerzen am Tannenbaum brennen, im Kachelofen ist Feuer, und draußen ist es dunkel. Die Weihnachtsmannmaschine hab ich draußen auf die Vortreppe gestellt, ohne dass Findus es gemerkt hat. Wie ich das bloß hinkriegen soll!

Und dann klopft es an die Tür. Findus stürzt hin und will den Weihnachtsmann sehen. Und wenn ich öffne und er die ganze Maschinerie entdeckt, schreit er „Hilfe, eine Weihnachtsmannmaschine!“ Und dann ist der ganze Heiligabend verdorben. So geht das nicht. Nein, er darf der Puppe nicht zu nah kommen. Wir müssen die ganze Zeit hier auf dem Sofa sitzen.

Irgendwie muss der Weihnachtsmann in der Tür auftauchen, während wir hier sitzen, dachte Pettersson. Wenn er nur so ein bisschen reinguckt und wenn er klein und es fast dunkel ist, dann müsste es gehen. Aber dann? Wenn er den Sack dagelassen hat und ich Findus nicht mehr festhalten kann und Findus rausstürzt, dann muss der Weihnachtsmann weg sein. Und wenn Findus die Haustür aufmacht, um nachzusehen, wo der Weihnachtsmann geblieben ist, darf da natürlich keine Maschine stehen. Wie soll ich das bloß machen?

Es schien eine unlösbare Aufgabe zu sein, die Pettersson sich da vorgenommen hatte. Er ging in den Vorraum und maß den Abstand zur Tür mit den Armen, er öffnete die Haustür und guckte wieder in den Vorraum und prüfte, in welche Richtung die Tür aufging.
Als Findus sah, was der Alte trieb, machte er es ihm nach. Er schritt den Vorraum ab, maß Petterssons Füße, hob einen Stiefel auf …
Pettersson sah ihn fragend an. „Was machst du da?“

„Ich helf dir", sagte Findus. „Wonach suchst du?"
„Ich suche nichts", sagte Pettersson. Mehr wollte er nicht sagen. Dann guckte er wieder herum und dachte nach.
„Wonach suchst du nicht?", bohrte Findus.
„Ich suche überhaupt nichts", sagte Pettersson.
„Liegt es hinter den Stiefeln?"
„Was?"
„Das Nichts", sagte Findus. „Hinter den Stiefeln liegt nichts."
„Gut", sagte Pettersson etwas verwirrt. „Dann weiß ich es nächstes Mal, wenn ich wieder nichts brauche. Aber jetzt muss ich über was nachdenken. Kannst du nicht was anderes machen?"
„Ich weiß nicht, was ich tun soll", sagte Findus.
„Geh auf den Dachboden und spiel was. Das macht dir doch sonst solchen Spaß", sagte Pettersson und öffnete die Tür zum Dachboden. „So! Rauf mit dir. Tschüs und ade."
Findus lief die Treppe hinauf, und Pettersson dachte weiter nach.
Wie soll das bloß gehen? Wie soll ich einen Weihnachtsmann bauen, der anklopft, hereinkommt und fragt: „Gibt es hier einen braven Kater?", dachte er bekümmert. Und dann soll er Pakete dalassen und wieder rausgehen, ohne dass Findus sieht, dass es nur eine Maschine ist? Das schaff ich nicht. Ich muss ihm erzählen, dass es keinen Weihnachtsmann gibt. Ich hör jetzt auf, darüber nachzudenken. Es ist zu schwer.
Er warf einen letzten enttäuschten Blick in den Vorraum. Dann setzte er sich mit einer Tasse Kaffee auf die Bank in der Küche. Er sah aus, als hätte er alle Hoffnung aufgegeben.
Aber nach einer kleinen Weile war ihm anzusehen, dass es da drinnen in seinem Kopf wieder zu denken begann, und bald grübelte er wieder und konstruierte und versuchte herauszukriegen, was er tun musste, wenn er nun doch eine Weihnachtsmannmaschine bauen wollte.

Da hörte er Findus vom Dachboden rufen.
„Pettersson! Hilfe!"
„Was ist los?"
„Hilfe!", rief Findus. „Ich hab mich versteckt, und jetzt kann ich mich nicht wiederfinden!"
Pettersson lächelte. Das Versteckspiel kannte er. Er ging auf den Dachboden und suchte. Dabei redete er vor sich hin:
„Aha, hast du dich mal wieder verloren. Hier bist du nicht. Und da auch nicht. Nein, du bist wahrscheinlich ganz und gar verschwunden."
Plötzlich sprang Findus hinter Petterssons Rücken hervor. Er spreizte die Krallen an allen vier Pfoten und brüllte, so laut er konnte. Als der Alte sich umdrehte, verschwand Findus hinter einer Kiste. Aber als Pettersson hinter der Kiste suchte, war der Kater nicht da.
„Komisch, komisch …", sagte Pettersson, und seine Stimme klang richtig erstaunt. Er suchte weiter, und plötzlich sprang der Kater wieder hervor und fauchte, und im nächsten Augenblick war er wieder verschwunden.
„Das ist nun wirklich komisch!", sagte Pettersson. „Der Kater ist wirklich verschwunden. Am besten, ich ruf die Polizei."

Er tat so, als ginge er. Aber auf der obersten Treppenstufe blieb er stehen und trat auf der Stelle. Da kam Findus aus der Kiste gesprungen, die auf dem Boden stand. Der Deckel war mit Scharnieren befestigt und war wie eine Tür.
„Ach, da bist du!", sagte Pettersson lachend. „Du hast mich aber richtig an der Nase rumgeführt! Ich hatte keine Ahnung, wo du warst."

„Ja, ich kann mich gut verstecken", sagte Findus. „Dreh dich um und mach die Augen zu, dann versteck ich mich wieder."

„Also … na klar! SO machen wir das!", rief Pettersson ganz glücklich. Er hatte nämlich eine prima Idee. Aber das konnte Findus natürlich nicht wissen.
Der sah den Alten erstaunt an. „So was Besonderes ist es ja nun auch nicht. Bisschen übergeschnappt, was?", sagte er und schüttelte den Kopf. Und dann versteckte er sich wieder.
Petterssons Idee war, dass er die Weihnachtsmann-maschine in eine Kiste einbauen könnte. Die würde er im Vorraum aufstellen, und die Weihnachtsmannpuppe konnte durch eine Tür in der Kiste kommen, und darin würde sie auch wieder verschwinden. Bevor Findus im Vorraum ankam, würde alles wie immer aussehen. Aber dann musste Pettersson schon jetzt eine große Kiste in den Vorraum stellen, damit Findus sich daran gewöhnte. Wenn sie plötzlich Heiligabend dastand, würde ihm das auffallen.
Pettersson hatte plötzlich wieder Lust zum Nachdenken. Seine geniale Idee, die ihm ganz allein eingefallen war, machte plötzlich alles möglich. Er hatte ein Gefühl, als ob die Maschine praktisch schon fertig wäre. Jetzt musste er nur noch eine passende Kiste finden, dann würde sich alles andere von allein lösen.

Kapitel 5

Am nächsten Tag nahm Pettersson den Tretschlitten und fuhr zum Kistenladen. Findus durfte nicht mit. Er musste zu Hause bleiben und auf das Feuer im Ofen aufpassen. Wenn der automatische Holzeinwerfer erst mal fertig war, könnte er jederzeit mitkommen, hatte Pettersson gesagt.
Unterwegs dachte er darüber nach, ob es eigentlich recht war, Findus mehrere Wochen lang so zu belügen, um ihm weiszumachen, dass es den Weihnachtsmann wirklich gibt. Er lügt nämlich sehr ungern, dieser Pettersson, besonders wenn er jemanden belügen muss, der ihn mag und sich auf ihn verlässt.
Aber er schwindelte ja, damit Findus sich freute. Wenn Findus nun einmal glaubt, dass es einen Weihnachtsmann gibt, der zu allen anderen kommt, nur zu ihm nicht, ist es doch klar, dass er traurig wird, wenn der Weihnachtsmann nur zu ihm nicht kommt. Vielleicht darf man dann ein bisschen lügen, dachte Pettersson.

Das Kistenhaus war leicht zu erkennen. Das ganze Haus sah aus wie eine Kiste. Draußen stapelten sich Kisten, und darüber hing ein Schild:

FISCHKISTEN! HEUTE SONDERPREIS! NUR 95 ÖRE DAS STÜCK.

Die Türglocke bimmelte, als Pettersson eintrat. Überall standen Kisten aller Größen herum, einfache Holzkisten, Kartoffelkisten, Pappkartons, fein verzierte Kästchen, Blechkisten, leere Streichholzschachteln … Pettersson beguckte sich alles interessiert, während er wartete. Es roch nach Essen.
Bald kam eine Frau hereingestürzt. Sie war kaum mit Essen fertig. Sie hieß Kirsten, aber ihr Mann nannte sie Kiste.
„Du bist es, Pettersson“, sagte sie fröhlich. „Wir sind grade beim Essen. Henrik kommt gleich. Er isst immer so viel und braucht so lange.“
„Es riecht gut“, sagte Pettersson. „Gibt es Spargelsuppe?“

„Nee du“, sagte Kirsten. „Spargelsuppe wäre mein Traum. Nein, es gibt Makkaroniauflauf wie immer. Du machst also Weihnachtseinkäufe, Pettersson? Wie nett! In unserem Laden kriegt man dich ja nicht oft zu sehen. Siehst du, wie viele Kisten wir haben? Vor sieben Jahren haben wir mit zwei leeren Kartons angefangen, und jetzt haben wir so viele! Nicht schlecht, was? Kisten sind richtig beliebt geworden. Die Leute bewahren Sachen darin auf, Kartenspiele, Gabeln und so was … Und jetzt haben wir neue amerikanische Kisten aus Plastik mit Rosen drauf bekommen, guck mal … Davon haben wir schon mehrere verkauft.“

Pettersson studierte den weißen, blanken Kasten, der aus diesem neuen, wunderlichen Material war.

„Na ja, jedenfalls haben einige Leute eine mit nach Hause genommen, erst mal zur Probe. So, da kommt Henrik.“

Henrik war ein großer, grobschlächtiger Mann aus Schonen. Er kam herein und rülpste erst mal.

„Ahh. Das hat gut geschmeckt. Makkaroniauflauf mag ich am liebsten. Guten Tag, Pettersson. Lange her, seit du hier warst.“ Seine eine große Faust schoss vor, mit der anderen haute er dem Alten auf den Rücken.

„Du willst also einen Kasten kaufen, Pettersson. Da tust du gut dran. Hast du besondere Wünsche? Hast du die amerikanischen gesehen?“ Er nahm den Plastikkasten, den Pettersson in der Hand hatte.
Pettersson versuchte ihm zu sagen, dass er sich den Kasten gerade angeguckt hatte. Aber Henrik fuhr fort:
„Das, mein bester Herr, ist aus echtem PLASTIK! Ein ganz neues Material. Aus Ammerrikka. Oder Usa, wie wir heutzutage sagen. Dieser Kasten kann das ganze Jahr über draußen stehen, bei jedem Wetter, ohne dass die Kekse verderben. Braucht keinerlei Pflege. Ich für meinen Teil hätte Elche vorgezogen, aber wegen der Damen sind Rosen drauf, die mögen das. Was sagst du dazu, Pettersson? Oder willst du eine andere Kiste haben? Wozu brauchst du sie?“
Pettersson war verlegen, er konnte es ja schlecht erklären.
„Ich brauch eine ziemlich große Kiste … für Stiefel.“
„Für Stiefel? Dann hab ich genau die richtige Kiste für dich, Pettersson. Kiste, hol mal die Stiefelkiste!“
Kirsten hob eine Kiste herunter, die aussah wie eine alte stabile Kiste für Holzscheite, aber sie war geformt wie ein breiter Stiefel.
„Die hab ich extra für Stiefel angefertigt“, sagte Henrik. „Prima Holz mit extra Luftlöchern. Passt für Schuhgröße fünfzig. Du hast doch nicht mehr als

Schuhgröße fünfzig, Pettersson? Hahahaha. Und wenn dich der Kater nervt, kannst du ihn da drin einsperren. Hahahahaha."

„Wirklich eine schöne Kiste", sagte Pettersson zögernd. „Aber ich brauch eine größere. Ich habe viele Stiefel, und dann muss auch noch Platz für Kissen sein."

„Kissen? Jaja, klar. Es muss auch noch Platz für Kissen sein. Vielleicht passt diese?" Henrik zeigte eine riesige Kiste.

„Hier ist Platz für viele Kissen. Von der haben wir schon eine Menge verkauft. Die kann man für alles Mögliche benutzen. Viele stellen über Nacht ihre Schubkarre hinein. Viele benutzen sie auch, um sich selbst mit der Bahn zu verschicken. Es ist viel billiger, eine Kiste zu verschicken, als selbst mit dem Zug zu fahren. Dann kannst du dich darin einrichten, wie du willst, zum Beispiel kannst du deinen Schaukelstuhl mitnehmen und eine Lampe. Und dann sitzt du in aller Ruhe da und löst Kreuzworträtsel und wirst nicht von alten Quasselstrippen gestört, den Kater kannst du auch mitnehmen, ohne dass es jemand merkt. Und wenn du schlafen willst, kannst du dir noch eine Kiste kaufen und sie ausbauen … so … Dann kannst du die Beine ausstrecken und bequem liegen. Toll, was? Ein ganzer Schlafwagen, und es kostet nicht mehr, als eine Kiste zu verschicken."

„Henrik", sagte Kirsten vorsichtig, „willst du uns nicht mal zeigen, wie viel Platz darin ist?"

„Na klar!", sagte Henrik. Er verband die beiden Kisten miteinander und kroch hinein. Die ganze Zeit erklärte er, was er tat. Schließlich machte er die Kiste zu. Da schloss Kirsten sie schnell von außen ab.

„Du kannst dich eine Weile da drinnen entspannen, lieber Henrik, und rülps du nur, so viel du willst. Heute Abend schließ ich wieder auf. Ich kümmere mich jetzt um Pettersson", sagte sie.

Henrik klopfte und brüllte, aber Kirsten kümmerte sich nicht darum. Sie sah richtig erleichtert aus.

„Jetzt zeig ich dir was, Pettersson“, sagte sie. „Ich glaub, ich weiß, was du brauchst.“

Sie nahm ihn mit ans andere Ende des Raumes und holte eine Kiste hervor, die gerade richtig groß war für die Weihnachtsmannmaschine. Genau die wollte Pettersson haben!

Kirsten lächelte zufrieden. „Ich hab’s gewusst. So eine Kiste braucht man im Vorraum.“

„Aber … am schönsten wäre es, wenn sie sich an der Seite öffnen ließe“, sagte Pettersson.

„Das geht doch“, sagte Kirsten. „So … von vorn … oder so … von der Seite … oder von der anderen Seite. Oder von oben natürlich. Aber ich nehm an, du willst was draufstellen?“

„Ja. Woher weißt du das?“, fragte Pettersson erstaunt.

Kirsten lachte kokett. „Jaa, du, von so was verstehen wir Frauen was.

Man kriegt schließlich viel zu sehen, wenn man sich mit Kisten beschäftigt", fügte sie vertraulich hinzu.

„Aha, so ist das also", sagte Pettersson unsicher. „Genau diese Kiste brauch ich jedenfalls. Ich hätte gar nicht geglaubt, dass ich eine Kiste finde, die so gut passt. Wie viel kostet sie denn?"

Kirsten senkte die Stimme. „Die kostet nicht viel. Nimm sie über Weihnachten zur Probe mit nach Hause, und dann sehen wir weiter. Das geht schon in Ordnung."

„Aber … wenn sie nun mal kaputtgeht, dann muss ich sie bezahlen. Ich muss wissen, ob ich sie mir leisten kann", sagte Pettersson.

Kirsten warf einen Blick zu der Kiste, in der Henrik immer noch tobte, und dann flüsterte sie Pettersson zu:

„Nimm sie nur. Ich will alle Kisten loswerden. Ich hab keine Lust mehr, Kisten zu verkaufen. Ich will nach Afrika fahren und Löwen jagen."

Sie starrte Pettersson an, als ob sie selbst erschrocken wäre über das, was sie gesagt und gedacht hatte.

„Afrika?", sagte Pettersson vorsichtig. Dann war es eine ganze Weile still.

„Ach, vergiss es", sagte Kirsten mit ihrer ganz gewöhnlichen Stimme. „Soll ich dir die Kiste nach Hause bringen?"

Das Angebot nahm Pettersson gern an. Schweigend hoben sie die Kiste und den Tretschlitten auf den kleinen Lastwagen und fuhren zu Petterssons Haus. Kirsten half Pettersson, die Kiste an ihren Platz zu stellen, dann fuhr sie zurück, und der Alte stand im Vorraum und betrachtete zufrieden die Kiste und dachte nach.

„Soll die da stehen?", fragte Findus.

„Ja. Ist sie nicht schön? Ich hab mir immer eine Kiste an der Stelle gewünscht“, sagte Pettersson.
Findus schielte misstrauisch zu ihm hinauf und dann wieder zur Kiste. „Ich finde, die sieht komisch aus“, sagte er.
„Wir stellen hübsche Sachen drauf“, sagte Pettersson. „Einen Kerzenhalter … eine Decke und so was. Und wir tun Stiefel rein, das wird prima.“
Pettersson holte einen Kerzenhalter und eine Dose und stellte beides auf die Kiste. „Du kannst mir helfen“, sagte er. „Du kannst draufstellen, was du willst.“
Findus fing an, sich ein wenig zu interessieren. Er suchte nach Sachen, die passen könnten. Er fand einen Schuh, ein Gesangbuch, ein Foto und eine kleine Bratpfanne. Dann ordnete er alles besonders hübsch an, und die Kiste im Vorraum gefiel ihm sehr gut.
In ein paar Tagen würde er sich bestimmt dran gewöhnt haben, und er würde vergessen, dass es sie überhaupt gab. Jetzt musste Pettersson nur noch anfangen, die Weihnachtsmannmaschine zu bauen.

Kapitel 6

Am nächsten Tag war Pettersson guter Laune. Den ganzen Abend hatte er darüber nachgedacht, wie die Maschine funktionieren sollte. Er hatte gezeichnet und gerechnet, und der Küchentisch war voller Zettel. Hier und da hatte er ein Holzscheit und eine Ofenluke gezeichnet, so dass es aussah, als ob er mit dem Holzeinwerfer beschäftigt wäre, falls Findus guckte. Aber der verstand nichts von den wirren Zeichnungen und kümmerte sich nicht besonders darum.
Es ist ziemlich schwer, eine Weihnachtsmannmaschine zu zeichnen. Alles auf einmal konnte Pettersson sich nicht ausdenken. Auf jeden Fall brauchte er ein Zahnrad und eine Zahnstange, damit würde er anfangen.
Man hat nicht oft im Leben unwiderstehliche Lust, ein Zahnrad zu bauen, aber Pettersson hatte Lust. Er lief hinaus in den Tischlerschuppen.

Findus war ganz und gar von einem wilden Hockeyspiel mit sich selbst in Anspruch genommen. Die Spannung war unerträglich, niemand konnte voraussagen, wer gewinnen würde. Irgend so ein Kroppzeug guckte zu und feuerte die Mannschaft an. Als Findus sich gerade mit einem Strafstoß belegte, nahm eins der kleinen Viecher den Ball und lief damit unter fröhlichem Geheul davon. Findus jagte durch das ganze Haus hinterher, bis in den Schrank im Schlafzimmer. Dort lag er und lauerte dem Viech auf, bis er einschlief.
Als er aufwachte und merkte, dass er allein war, lief er zum Tischlerschuppen hinaus. Pettersson war schon ziemlich weit mit seiner Erfindung. Das Zahnrad war fertig, und jetzt war er mit der Zahnstange beschäftigt. Er maß und bohrte und steckte kleine Pflöcke in ein Brett.
Findus wollte auch etwas bauen. Auf dem Fußboden fand er kleine Holz- und Eisenstücke, Nägel und Stahldraht, und da machte er eine eigene Erfindung. Er hatte sich noch nicht entschieden, was es werden sollte.

Der Alte und der Kater arbeiteten schweigend, ganz versunken in ihre Konstruktionen. Bald war Pettersson fertig mit der Zahnstange. Er montierte das Zahnrad mit einem Nagel an ein Brett, das er an der Hobelbank befestigt hatte. Er drehte am Rad. Die Zahnstange bewegte sich. Es funktionierte! Einige Male fuhr er hin und her, dann hörte er auf und sah bekümmert aus.
Er dachte darüber nach, wie er die Stange dazu bringen sollte, sich erst vorwärts zu bewegen, dann anzuhalten und sich dann wieder zurückzubewegen, obwohl sich das Rad die ganze Zeit bewegte. Das Problem war schwer zu lösen. Darüber hätte er eigentlich vorher nachdenken müssen.
„Jetzt trinken wir erst mal eine Tasse Kaffee und denken nach“, sagte er.
Da ertönte eine piepsige Stimme, die rief: „Bist du bereit, Findus?!“ Und dann ein Kichern.

Der Ball, mit dem Findus in der Küche gespielt hatte, kam durch die Luft geflogen. Findus stand neben seinem Bauwerk auf der Hobelbank. Er sah den Ball in der Luft und streckte sich danach. Er fing ihn, warf aber seine eigene Maschine und Petterssons Zahnrad um. Das Zahnrad polterte zu Boden. Drei Zähne brachen ab.

„O nein! Mein Zahnrad!“, jammerte Pettersson.
„O nein! Meine Maschine!“, schrie Findus.
„Warum hast du das getan?“, fragte Pettersson. Seine Stimme klang böse und traurig zugleich. „Nun guck bloß, wie viele Zähne abgebrochen sind.“
„Das macht doch nichts“, schimpfte Findus. „Das waren doch nur ein paar. Guck dir mal meine Maschine an. Die ist ganz kaputt. Dieser Stock hier, der ist lose …“ Er untersuchte die Maschine. „Und hier war ein kleiner Nagel. Das muss ich sofort heil machen. An deinem Ding sind ja noch massenhaft Stöcke. Da macht es doch nichts, wenn drei kleine blöde …“
„Doch, an einem Zahnrad braucht man alle Zähne, sonst bleibt die Zahnstange stehen, wo …“ Pettersson unterbrach sich, und aus seinem Bart leuchtete ein Lächeln. „Sonst bleibt die Zahnstange stehen! Genau! Ich nehme einfach ein paar Zähne raus, und dann ist es geritzt! Vielen Dank, du hast mir sehr geholfen, Findus. Jetzt gehen wir Kaffee trinken und denken über den Rest nach.“
Findus starrte den Alten verständnislos an.
„Klar, sag nur Bescheid, dann helf ich dir“, sagte er.

Den ganzen Tag arbeitete Pettersson an seiner Maschine. Wenn er nicht draußen im Tischlerschuppen war, saß er am Küchentisch und zeichnete und dachte nach. Zuerst stand Findus immer daneben, balancierte mit seinem Ball und gab gute Ratschläge, weil er so gut gewesen war, als er das Zahnrad runtergerissen hatte. Aber dann wurde es ihm langweilig. Es macht ja wirklich keinen Spaß, dauernd neben einem alten Mann zu stehen, der nachdenkt. Außerdem schien Pettersson sich nicht besonders über seine guten Ratschläge zu freuen.
Findus saß auf dem Tisch und wartete darauf, dass etwas Lustiges passierte. Er rollte den Ball mit den Hinterbeinen hin und her, wie man Fleischklößchen rollt. Petterssons nachdenklicher Blick blieb an den Pfoten hängen, die sich vor- und zurückbewegten. Plötzlich hielt er die Luft an, und man konnte ihm ansehen, dass er eine gute Idee bekommen hatte.
„Das ist gut“, sagte er atemlos und zeigte auf Findus’ Füße. „So kann ich es machen! Nur umgekehrt.“
Eilig stand er auf. Findus sah ihn fragend an.
„Da ist doch nichts Besonderes dran“, sagte er und rollte den Fleischklößchen-Ball noch schneller.

Aber Pettersson stürmte in den Tischlerschuppen. „Vielen Dank, Findus! Für die Idee!“, rief er, bevor er verschwand.
Findus starrte ihm durchs Fenster nach und kapierte nichts.
Er ist ein bisschen komisch im Kopf geworden, seit er angefangen hat, einen Holzeinwerfer zu bauen, dachte Findus. Zu viel Nachdenken kann auch nicht gut sein. Aber so, wie er sich abschuftet, muss er ja bald fertig sein.
Dachte Findus.

Kapitel 7

Pettersson war eingefallen, wie er die Weihnachtsmannpuppe dazu bringen könnte, in die Kiste zurückzugehen. Darum hatte er es plötzlich so eilig. Er wollte ausprobieren, ob es funktionierte.

Es funktionierte zwar, aber er kam langsam dahinter, dass er ein neues Zahnrad machen musste. Dazu hatte er jetzt keine Lust, denn es war Abend, also ging er ins Haus. Er wollte sich ein Buch anschauen, das von Erfindungen handelte. Vielleicht bekam er dann neue Ideen.

Drinnen auf dem Küchentisch war immer noch nichts Lustiges passiert. Deshalb stand Findus auf einem Bein da und balancierte einen Holzlöffel in der einen Pfote.

„Hast du aufgehört mit Nachdenken?“, fragte er, als Pettersson sich mit seinem Buch auf die Bank gesetzt hatte.

„Nee, ich denk die ganze Zeit nach.“

„Warum liest du dann?“, fragte Findus und beugte sich über das Buch, sodass Pettersson nicht lesen konnte.

„Das ist ein Buch über Mechanik“, sagte Pettersson und schob den Kater beiseite. „Also, wie man Maschinen baut. Ich erinnere mich, dass hier was stand über einen Mann, der hieß Polhem, und der war besonders gut. Er hat ein mechanisches Alphabet erfunden …“
Pettersson vertiefte sich ins Buch.
Findus stiefelte mit langen Schritten um den Tisch herum, rundherum.
Dabei leierte er vor sich hin:
„Michanisches Alphabet! Mikomisches Ilphabit. Mechunisches Ulphabut. Makomisches Bolphabot, also wirklich …“
„Dem ist eine Menge eingefallen, wie man Maschinen dazu bringen kann, sich zu bewegen“, fuhr Pettersson fort. „Wenn man zum Beispiel an einem Ende ein Rad hat, das sich dreht, kann es eine Stange am anderen Ende vor- und zurückbewegen. Oder wenn man einen Stock hat, der sich so vor- und zurückbewegt, kann er einen anderen Stock dazu bringen, sich in diese Richtung zu bewegen.“ Er zeigte mit den Armen.
„Das kann ich auch“, sagte Findus. „Wenn ich dies Bein kreisen lasse, bewegt sich der Stock so vor und zurück.“

Er ließ das eine Hinterbein kreisen, während er gleichzeitig den Holzlöffel vor- und zurückbewegte. Sehr übertrieben. Der ganze Kater wankte dermaßen, dass er vom Tisch fiel.
Pettersson zog nur die Augenbrauen hoch, schüttelte den Kopf und las weiter. An so was war er gewöhnt. Findus krabbelte wieder hinauf.

„Soll der attamatische Holzeinwerfer es nicht so machen?“, fragte er aufgeregt.
„Ja, aber nicht ganz so stürmisch“, sagte Pettersson.
„Der ist ja lebensgefährlich“, sagte Findus. „Man kann sich ja dabei umbringen.“
„Mhm … Das sollte man nicht tun“, murmelte Pettersson und las weiter.

Er hatte diesen Polhem gefunden. Da stand nicht viel, jedenfalls nichts, was ihm half. Aber da gab es drei kleine Zeichnungen aus dem mechanischen Alphabet. Pettersson blinzelte kurzsichtig. Findus drängelte sich dazwischen und guckte noch kurzsichtiger ins Buch.
„Ach, bin ich jetzt mit Lesen fertig?“, fragte Pettersson lächelnd.
„Ja, das bist du“, sagte Findus energisch. „Und mit Denken bist du auch fertig. Jetzt wollen wir Mensch-ärgere-dich-nicht spielen.“
Sie spielten eine Weile Mensch-ärgere-dich-nicht mit ihren ganz eigenen Regeln. Nach und nach hatte Findus die neuen Regeln erfunden. Sie liefen alle darauf hinaus, dass er gewinnen musste. Das war der eigentliche Sinn des Spiels.
Dann war es Zeit schlafen zu gehen.

Im Bett dachte Pettersson an Polhem und das mechanische Alphabet.
Er meinte, vor langer Zeit Bilder von allen Modellen gesehen zu haben.
Aber er konnte sich nicht richtig erinnern.
Er wünschte, er wäre genauso einfallsreich wie Polhem. Oder wenn der wenigstens sein Nachbar wäre, dann könnte er hingehen und sich bei der Weihnachtsmannmaschine helfen lassen.

Während Pettersson einschlief, sah er sich selbst zu einem Haus gehen, das seinem Tischlerschuppen sehr ähnlich war. Über der Tür hing ein Schild. Darauf stand: POLHEMS MECHANISCHE WERKSTATT.
Pettersson geht hinein, eine Glocke an der Tür bimmelt, da drinnen sieht es aus wie in einem alten Dorfladen, aber trotzdem erkennt er seinen Tischlerschuppen wieder. Hinter dem Tresen steht ein Weihnachtsmann mit einer starren Maske vor dem Gesicht. Pettersson weiß, dass es Polhem ist.
„Guten Tag, Pettersson. Lange nicht gesehen“, sagt der Weihnachtsmann. Seine Stimme klingt, als käme sie aus einem tiefen Brunnen.
„Guten Tag, Polhem“, sagt Pettersson vorsichtig. „Bald ist Weihnachten. Fröhliche Weihnachten.“
„Ja, ich weiß. Ich bin ja wie der Weihnachtsmann angezogen. Was darf es sein, Pettersson?“
„Ein mechunisches Ilphabot …“

„Wie bitte?", fragt Polhem streng.
„Ich meine ein mechanisches Alphabet. Entschuldigung."
„Ja, so heißt das", sagt Polhem. „Das kannst du haben."
Er zieht eine Schublade im Tresen auf, in dem die Modelle der mechanischen „Buchstaben" liegen. Pettersson studiert sie genau. Hier gibt es alles, was er wissen muss. Aber einige kann er nicht verstehen, wie sie da liegen. Er nimmt einen Buchstaben hoch, um ihn näher zu untersuchen.
„He, he, he, mal ganz vorsichtig", sagt Polhem scharf. „Wenn was kaputtgeht, nehm ich dir den Kater weg."
Schnell legt Pettersson den Buchstaben zurück.
„So ist es gut", sagt Polhem, „anschauen, aber nicht anfassen."
Nach einer Weile fährt er fort: „Dir fällt es wohl nicht leicht, dich zu entscheiden, Pettersson? Wohl ein bisschen langsam manchmal, wie? Vielleicht möchten wir uns etwas anderes ansehen? Was hältst du von einer mechanischen Puppe?"

Polhem holt eine Weihnachtsmannpuppe hervor. Er zieht sie auf und stellt sie auf den Tresen. Jetzt ist es fast dunkel, nur die Puppe leuchtet. Der Laden, der eben noch an den Tischlerschuppen erinnerte, ist nur noch ein kalter, dunkler Raum. Die Puppe bewegt sich weich und lebendig wie ein richtiger Mensch.
Sie kommt auf Pettersson zu und nimmt den Sack vom Rücken. Dann holt sie eine noch kleinere Puppe hervor, die wie Findus aussieht, und sagt: „Fröhliche Weihnachten, Pettersson. Gibt's hier einen braven alten Mann?"
Pettersson nimmt die Findus-Puppe, aber als er sie berührt, erstarrt die Weihnachtsmannpuppe, die Arme fallen herunter und sie sackt zusammen wie eine Marionette.
Erschrocken starrt Pettersson Polhem an. Der sieht furchtbar böse aus. Seine Augen blitzen.
„Du hast meine mechanische Puppe kaputt gemacht, Pettersson!", donnert er. „Meine beste Erfindung hast du kaputtgemacht."

Er fegt die Puppe beiseite und schlägt mit der Faust auf den Tresen, dass es nur so dröhnt. Es klingt furchtbar, und Pettersson möchte weglaufen, aber er kann nicht. Als Polhem seine Angst sieht, lacht er höhnisch.

„Hast du etwa gedacht, ich bin Christoffer Polhem? Aber da hast du dich getäuscht, Pettersson. Ich bin nämlich der Weihnachtsmann!"

Er reißt sich die Weihnachtsmannmaske herunter, und jetzt sieht Pettersson, wer es ist. Er ist es selbst.

Pettersson wurde wach. Er war sehr aufgewühlt. Was für ein schrecklicher Traum! Er machte die Nachttischlampe an. Als er sah, dass alles wie immer war und Findus auf seinem Platz lag und selig schlief, beruhigte er sich. Bald erinnerte er sich nur noch undeutlich an den Traum wie an etwas, das vor langer Zeit passiert war. Leider verschwand auch das mechanische Alphabet, das er so deutlich gesehen hatte. Er machte das Licht aus und schlief bald wieder ein.

Morgens wurde er wie immer geweckt. Findus hüpfte auf seinem Bauch herum und brüllte: „Aufwachen, Pettersson, es ist Morgen! Wir müssen frühstücken!"

Als er auf der Bettkante saß und seine dicken Socken anzog, sah Pettersson, dass das Buch auf dem Nachttisch aufgeschlagen war. Die Innenseite des Umschlags war vollgeschmiert mit Kreisen, Strichen und Pfeilen. Er sah sich das genauer an und erkannte die drei Bilder aus Polhems mechanischem Alphabet wieder. Aber da gab es mindestens noch zehn andere „Buchstaben"!

Pettersson wusste nicht, was er glauben sollte. Er konnte sich nicht erinnern, dass er nachts wach geworden war. Noch weniger daran, dass er etwas aufgezeichnet hatte. Hier lag ja nicht mal ein Stift. Er erinnerte sich nur dunkel daran, dass er etwas Schreckliches geträumt hatte. Ein Laden und Polhem …

Er musste von diesem Alphabet geträumt haben, aufgewacht sein und alles aufgezeichnet haben, was er gesehen hatte. Und dann hatte er es wieder vergessen. Obwohl er seine Striche nicht wiedererkannte. Sie sahen aus, als ob ein anderer sie gezogen hätte. Andererseits war er sonst ja wach, wenn er etwas aufzeichnete.
„Du sollst jetzt nicht lesen", nörgelte Findus. „Wir müssen jetzt endlich frühstücken!"
„Ja, ich komme", sagte Pettersson. Er sah sehr zufrieden aus. „Es scheint, als ob Polhem in der Nacht zu Besuch gewesen wäre. Er will mir wohl helfen, meine Erfindung zu bauen."

Kapitel 8

Schon beim Frühstück dachte Pettersson darüber nach, wie er seine Maschine bauen wollte. Er dachte daran, während er die Grütze kochte, und er machte Skizzen, während er Kaffee trank, und er studierte die Zeichnungen, die in der Nacht entstanden waren. Schließlich wusste er ganz genau, wie er es machen musste, damit der Weihnachtsmann aus der Kiste kam, einen Augenblick still stehen blieb und dann wieder zurückglitt in die Kiste. Er hatte es sehr eilig, hinaus in den Tischlerschuppen zu kommen.

„Willst du wieder raus und nachdenken?“, fragte Findus. „Und was soll ich so lange machen?“

„Das weiß ich nicht“, sagte Pettersson. „Du kannst mitkommen, wenn du willst, oder du kannst drinnen bleiben, wenn du willst. Aber zuerst musst du dein Frühstück aufessen. Ich geh jetzt. Tschüs.“

Findus hatte die ganze Zeit versucht, eine Fliege dazu zu bringen, in eine bestimmte Richtung zu gehen. Dabei hatte er ganz vergessen zu essen, obwohl er so nach dem Frühstück gejammert hatte, und er war ein bisschen verdutzt, dass er plötzlich allein bleiben sollte, und fing schnell an zu essen. Kalt war die Grütze auch. In diesem Haus kriegt man oft kalte Grütze zu essen, dachte er.

Es kam eine sehr kleine Putzfrau. Sie fegte die Krümel auf dem Fußboden zusammen und sah böse aus, weil es so schmutzig war.
„Ist das gerecht?", schimpfte Findus. „Haut einfach so ab und denkt nach und baut attamatische Holzeinwerfer, bevor ich mit der Grütze fertig bin."
„Du könntest wahrhaftig auch was tun und nicht nur den lieben langen Tag spielen und faulenzen!", fauchte die Putzfrau. „Man muss arbeiten und aufräumen!"
Sie fegte noch wilder. Findus streckte ihr die Zunge raus.
Ich werde tatsächlich auch was erfinden, dachte er. Irgendwas Attamatisches.
Eine Weile dachte er darüber nach, was er erfinden sollte. Dann entdeckte er die Kaffeekanne.
„Eine attamatische Kaffeekanne! Genau so was brauchen wir! Jetzt muss ich erst mal nachdenken und mich am Ohr zupfen."

Er lief herum und ahmte Pettersson nach, wie der aussieht, wenn er nachdenkt.
„Iss deine Grütze auf!", sagte die Putzfrau.
„Mhm", machte Findus und guckte nachdenklich zur Decke und kratzte sich am Kinn. Da oben war ein Haken, an dem die Lampe hing. Findus probierte aus, wie weit er die Kaffeekanne kippen musste, bis etwas aus der Tülle kam. Er wippte auf einem Stuhl, bis die Hinterbeine vom Fußboden abhoben.
„Genau ...", sagte er nachdenklich. Er blieb mitten in einem großen Schritt stehen, dann machte er einen Hüpfer, dass die Fliege vor lauter Schreck aufflog.
„Jetzt weiß ich!"
Er holte Schnüre aus dem Schrank und verknüpfte sie kreuz und quer, oben am Lampenhaken, hinunter zur Kaffeekanne, hinauf zur Gardinenstange, hinunter zum Stuhl ...

Damit war er eine ganze Weile beschäftigt, er knüpfte zusammen und knüpfte wieder auf. Aber schließlich funktionierte es so, wie er es sich vorgestellt hatte. Die hinteren Stuhlbeine schwebten ein Stück über dem Fußboden. Wenn Findus den Stuhl hinunterdrückte, zog die Schnur an der Kaffeekanne, sodass sie sich neigte und ein wenig Kaffee herausfloss.

Wenn Pettersson hereinkam und sich auf seinen Stuhl setzte, würde seine Tasse sich ganz von selbst mit Kaffee füllen. Im Augenblick hatte Findus zwar vergessen, eine Tasse auf den Tisch zu stellen, aber sonst war es eine gute Idee.

Aber dann fiel ihm ein, dass der Kaffee ja immer weiterfließen würde, auch wenn die Tasse schon voll war. Er musste sich also etwas einfallen lassen, dass die Kaffeekanne sich wieder aufrichtete, bevor die Tasse überlief. Das war ein schweres Problem, und Findus musste eine Weile heftig nachdenken.

Er war jedoch ein besonders kluger Kater und holte eine Wärmflasche aus dem Bett, goss das Wasser aus und versuchte, die Wärmflasche aufzublasen, aber das ging nicht. Da holte er einen Luftballon und aus dem Nähkästchen einen Korken. Den Luftballon fabrizierte er in die Wärmflasche, blies ihn auf und verschloss die Wärmflasche mit dem Korken. Er legte sie auf den Fußboden und sprang darauf herum, bis der Korken mit einem Zischen herausschoss. Genau, wie Findus sich das vorgestellt hatte.

Er blies den Luftballon noch einmal auf und legte die Wärmflasche unter ein Stuhlbein. Dann holte er noch ein Brett, das er über die Wärmflasche legte. Jetzt konnte es losgehen. Er stellte fünf Tassen auf ein Tablett unter die Kaffeekanne.

„So, in irgendeine Tasse wird der Kaffee schon laufen“, sagte Findus. „Jetzt ruf ich Pettersson.“

„Ihr macht auch nichts als Unordnung“, sagte die Putzfrau.

Als Findus gerade gehen wollte, sah er eine Frau auf die Küchentür zugehen. Sie klopfte an und kam herein.
„Hallo, Pettersson, bist du zu Hause?“
Sie war von der Kirchenmission und wollte Lose für den Weihnachtsbasar verkaufen. Findus fand es ganz praktisch, dass sie seine Erfindung ausprobieren konnte. Er sagte nichts, denn eigentlich versteht nur Pettersson, was er sagt, aber seine übertrieben höfliche Verbeugung zeigte ihr, dass sie willkommen war.
„Ist Pettersson nicht da?“ Die Frau reckte den Hals und spähte durch die offene Tür in den Vorraum.
Findus zog sie am Mantel zu dem vorbereiteten Stuhl. Erstaunt betrachtete sie all die merkwürdigen Schnüre und Vorrichtungen und wollte sich erst nicht setzen, aber Findus war eigensinnig.
Als sie sich vorsichtig setzte, begann der Kaffee in eine Tasse zu plätschern. Fasziniert beobachteten die Frau und Findus die attamatische Kaffeekanne. Aber als sich die Frau mit ihrem ganzen Gewicht auf den Stuhl sinken ließ, schoss der Korken mit einem lauten Zischen heraus. Erschrocken sprang sie

hoch, die Kaffeekanne richtete sich wieder auf, und der Kaffee hörte auf zu fließen.
Genau so hatte Findus sich das gedacht! Er stand auf dem Tisch und hüpfte vor Freude. Dann hielt er der Frau stolz die Kaffeetasse hin.

„Bitte schön, trinken Sie!“
„Ich glaub, ich setz mich lieber auf diesen“, sagte die Frau und setzte sich auf den anderen Stuhl.
Findus gab ihr einen Keks, schnippte ihr ein Stückchen Zucker mit einem Löffel zu, wie er das immer zu tun pflegte, und war überhaupt sehr höflich auf seine Art.
Die Frau lachte ein wenig unsicher und nippte vorsichtig am Kaffee.
„Der ist schon ein bisschen kalt“, sagte sie. Findus nahm ihr die Tasse weg und probierte auch. Igitt ja, der schmeckte nicht gut. Er kippte ihn zurück in die Kaffeekanne, lief nach draußen und brüllte, so laut er konnte: „Pettersson! Kaffee!“
Der Alte war gerade auf dem Weg ins Haus, Findus hätte also gar nicht so laut zu brüllen brauchen.
„Ach, wir haben Besuch“, sagte Pettersson, als er hereinkam. „Guten Tag, Signild, lange nicht gesehen. Ich hatte gerade im Tischlerschuppen zu tun.“
„Das macht nichts“, sagte Signild. „Ich hab ja nette Gesellschaft von … Findus … heißt er nicht so? Ja, stell dir vor, dass es mir wieder einfällt. Er hat mir Kaffee angeboten mit einer … ich glaub, mit einer eigenen Erfindung. Oder hast du das alles gebaut, Pettersson?“
„Neenee, das war ich nicht …“, sagte Pettersson und betrachtete das Bauwerk neugierig.
„Nein, das konnte ich mir auch nicht vorstellen, aber man weiß ja nie …“, sagte Signild und lachte verlegen. „Es hat jedenfalls richtig gut funktioniert. Als ich mich auf den Stuhl da gesetzt hab, goss die Kanne Kaffee ein, ich weiß auch nicht, wie das zuging. Was dann passiert ist, weiß ich auch nicht. Es gab ein schreckliches Geräusch, hihihi, und das klang, na, ich weiß nicht, wie“, sagte sie und lachte wieder.
Findus stand auf dem Tisch und sah Pettersson erwartungsvoll an, der die Erfindung studierte.
„Da hat sie solch einen Schreck gekriegt, dass sie aufgesprungen ist, und da hörte die Maschine auf, Kaffee einzugießen!“
„Das klang ja, als hätte er was gesagt!“, sagte Signild erstaunt. „So ein witziger Kater! Und guck mal, er hat sogar ein Tablett druntergestellt, damit es keine Flecken auf dem Tisch gibt. So ein ordentlicher Kater! Wirklich tüchtig!“

Signild lächelte Findus entzückt an und streckte die Hand aus, um ihn unterm Kinn zu kraulen. Rasch beugte er sich zur Seite und warf ein Stück Zucker in ihre Hand.
Pettersson schien sehr zufrieden zu sein mit der automatischen Kaffeekanne.
„Mmmm. Die ist gut, Findus. Du musst mir nachher zeigen, wie sie funktioniert. Du hast also schon Kaffee bekommen?", fragte er dann Signild.
„Na ja, er war ein bisschen kalt … Deswegen hat der Kellner ihn zurückgenommen." Sie lächelte Findus wieder an. „Aber ich brauch keinen Kaffee. Ich wollte dir eigentlich nur Lose für den Weihnachtsbasar verkaufen."
„Setz dich doch ein Weilchen", sagte Pettersson. „Ich wärm den Kaffee auf, ich möchte auch eine Tasse. Wir sehen uns ja nur noch so selten."
„Nein, du lebst sehr zurückgezogen, Pettersson. Du solltest mal in unsere Versammlung kommen und Leute treffen. Wir haben so viel Spaß. Wir singen und hören dem Pastor zu, und hinterher trinken wir Kaffee und unterhalten uns. Das würde dir bestimmt auch gefallen."
„Na, ich weiß nicht … Ich kann nicht besonders gut singen …"
„Du brauchst ja auch nicht zu singen, aber dabei sein und dich unterhalten. Da sind ja noch mehr, die du von früher kennst, das wäre doch nett."
„Ja, vielleicht, mal sehen. Ich hab so viel zu tun …"
„Ach was! Du hast doch nicht viel zu tun. *Mal* musst du dir doch auch freinehmen können und Leute treffen.
Was hast du denn so viel zu tun? Baust du irgendwas im Tischlerschuppen?"
Pettersson erzählte von dem automatischen Holzeinwerfer. Sie redeten und

redeten, und sie schienen vergessen zu haben, dass Findus auch noch da war. Er fand, dass sie sich lieber seine Erfindung ansehen sollten.
Also blies er den Luftballon in der Wärmflasche wieder auf und legte sie unter den Stuhlbeinen zurecht. Dabei knirschte und knarschte es, und das fand Findus nur gut, damit es all das Gebrabbel ein bisschen störte. Signild sah ihn einige Male fragend an, Pettersson war ja ein bisschen mehr daran gewöhnt. Dann hüpfte Findus auf dem Stuhl, bis der Korken herauszischte.
„Jetzt musst du aber ein bisschen leise sein, Findus!“, sagte Pettersson streng. „Wir unterhalten uns doch.“
Aber Findus wollte nicht leise sein. Er balancierte auf Petterssons Stuhllehne und murmelte vor sich hin: „Babbel-babbel, bla-bla-bla …“ Er hopste rückwärts über den Tisch, sodass er fast die Kaffeetassen umgeworfen hätte, er fragte Pettersson, was in der Zeitung stand, und er versuchte auf jede Art und Weise, den Alten daran zu erinnern, dass er einen Kater hatte.
Signild lächelte und sah freundlich und verwirrt aus und sagte, das sei aber mal ein zappliger kleiner Kater. Als Findus zwischen ihnen auf dem Tisch stand und steppte, versuchte sie, ihn hinterm Ohr zu kraulen. Aber Findus hielt das für eine Herausforderung und zog an ihrem gekrümmten Finger, so sehr er konnte.

„Jetzt lass Signild mal los", sagte Pettersson verlegen. „Wir wissen, dass du der Stärkste bist … Er ist irgendwie anders als andere Kater."
„Ja, das seh ich", sagte Signild.
Aber als Findus anfing, die Töpfe aus dem Schrank zu räumen, wurde es zu laut, und da bedankte Signild sich für den Kaffee, wünschte fröhliche Weihnachten und Gottes Segen und lächelte den Kater freundlich an.
„Tschüs, Findus, jetzt hast du Pettersson wieder für dich allein." Und dann ging sie.
„Musst du solchen Krach machen, wenn wir Besuch haben?", schimpfte Pettersson.
„Ihr redet zu viel", sagte Findus. „Ich fand, sie sollte jetzt gehen."
„Ich unterhalte mich wirklich selten mit jemandem", sagte Pettersson. „Das musst du mir doch wohl gönnen."
„Ich will, dass du meine Erfindung anguckst", sagte Findus eifrig. „Eine attamatische Kaffeekanne. Sie hat prima funktioniert und der Tante Kaffee eingeschenkt."
„Ja, das hab ich gehört. Das war gut", brummelte Pettersson. „Wie funktioniert sie denn?"
Findus zeigte und erklärte, und Pettersson fing an, sich zu interessieren. Plötzlich wurde ihm klar, wie er seine Erfindung verbessern konnte. Findus ließ ihn ruhig dastehen und nachdenken. Wenn er nur dabei sein und helfen durfte.

Kapitel 9

Pettersson war ein gutes Stück vorangekommen mit seiner Erfindung. Das große Zahnrad, das die Puppe hinaus- und wieder hineinführen sollte in die Kiste, war fertig. Er hatte mehrere Tage lang nachgedacht und herumprobiert und gebaut und fast nichts anderes getan. Mit Findus hatte er nicht viel geredet, meistens war er in Gedanken versunken gewesen.

Jetzt saß er da und spielte mit dem Wärmeschutz, den man unter heiße Töpfe klemmt. Wenn er ihn auf der einen Seite zusammendrückte, rutschte er auf der anderen heraus. Er überlegte, ob er das Ding für seine Weihnachtsmannmaschine brauchen konnte.

„Ich muss was ausprobieren. Ich geh in den Tischlerschuppen“, sagte er.

„Schon wieder?!“, sagte Findus. „Was fummelst du bloß immer an diesem Holzeinwerfer herum? Für mich ist das ja überhaupt nicht lustig.“

„Wirklich nicht?“, sagte Pettersson erstaunt. „Warum nicht?“

„Du denkst doch immer nur an den. Ich will aber, dass du mit mir spielst.“

„Sonst spiel ich doch auch nicht so viel mit dir“, sagte Pettersson. „Ich hab doch zu tun. Wenn du mitwillst in den Tischlerschuppen, dann komm.“
„Aber du bist immer ganz weit weg in Gedanken“, sagte Findus. „Du denkst und denkst und denkst, und wenn ich was sage, machst du bloß ‚Mmmm‘. Wenn ich sage, dass Anderssons Stier hinter dir steht und dir den Kopf abbeißen will, dann sagst du trotzdem nur ‚Mmmm‘. Das ist wirklich langweilig.“
„So schlimm ist das?“, sagte Pettersson. „Dann muss ich wohl aufpassen, dass du dir nicht einen anderen Alten suchst, der nicht so langweilig ist. Aber im Augenblick muss ich nicht denken, ich muss nur etwas bauen, du kannst also mitkommen in den Tischlerschuppen.“
„Na gut, kann ich ja machen“, sagte Findus. Aber er sah nicht besonders froh aus.
Da hob Pettersson ihn hoch und setzte ihn auf seinen Hut. Er lief mit kleinen Hüpfschritten los, sodass Findus ordentlich durchgeschüttelt wurde und sich kaum halten konnte. Das war sein größtes Vergnügen. Findus lachte, dass er hickste.
„Was willst du denn jetzt bauen?“, fragte er, als sie in den Tischlerschuppen kamen.

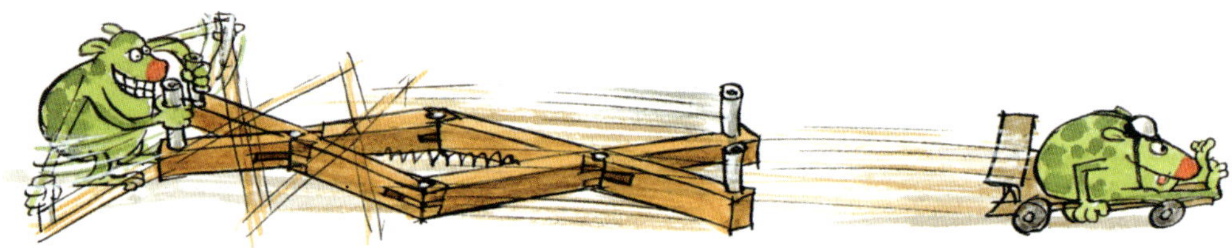

„Ich will so was machen“, sagte Pettersson und zeigte den Wärmeschutz. „Der soll … Feuerholz in den Herd schieben.“
Findus durfte ihn nehmen. Er lief damit herum und schob Sachen von der Hobelbank, während Pettersson nach Holzscheiten suchte.
Er überlegte, wie groß die Scheite sein mussten, die er brauchte. Da fiel ihm ein neues Problem ein, das er zuerst lösen musste. Er dachte nach und machte Skizzen.
„Was ist das denn?“, fragte Findus und untersuchte, was Pettersson bisher gebaut hatte.

„Mmmm“, machte Pettersson, weil er gerade beim Rechnen war.
„Pettersson! Was ist das?“, fragte Findus wieder.
„Mmmmm … warte ein bisschen …“
Findus wartete ein bisschen. Dann schrie er wütend: „Pettersson! WAS IST DAS?“
„Warum schreist du so?“
„Du antwortest mir nicht!“
„Ich hab doch bloß eben was ausgerechnet. Du wirst ja wohl ein wenig warten können.“
„Heute wolltest du doch nicht denken, hast du gesagt!“, fauchte Findus.
„Ein bisschen denken muss ich schon“, sagte Pettersson. „Ich kann doch nicht irgendwo irgendwie anfangen.“
„Das kannst du wohl! Was ist das?“
„Das ist für die Maschine, die soll … das ist schwer zu erklären. Du siehst es, wenn es fertig ist“, sagte Pettersson.
„Wann ist es denn fertig?“
„Wir werden ja sehen. Das hängt davon ab, wie lange ich ungestört arbeiten kann.“ Er dachte weiter nach.

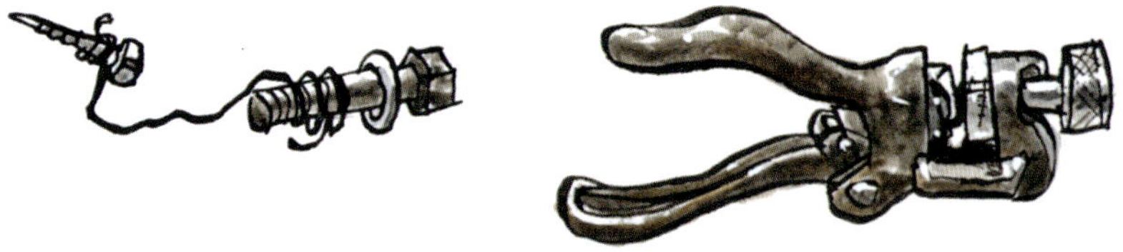

Findus ging herum und kramte zwischen all den Sachen, aber die interessierten ihn eigentlich gar nicht. Er war sauer.

„Was ist das?“, fragte er mürrisch und hielt ein komisches Werkzeug hoch.

„Was? Was ist was?“, sagte Pettersson abwesend. „Das ist eine Schränkzange. Damit kann man Sägen schränken.“

„Was – schränken?“

„Ja also, das heißt, dass man Zähne ver…“, fing Pettersson an, aber Findus hörte nicht zu.

„Schränken, kränken, plänken, flänken, was ist das denn?“ Er hatte einen gebogenen Stahldraht gefunden und warf die Schränkzange weg.

„Weiß ich nicht“, sagte Pettersson mürrisch. „Eben ein Stahldraht.“

Findus bog eine Weile daran herum, dann warf er den Draht weg. Er war ruhelos und ungeduldig.

Er wollte was machen, wusste aber nicht, was. Petterssons gute Laune war auch verschwunden.

„Ich weiß nicht, was ich tun soll“, jammerte Findus. „Mir ist so langweilig!“

„Dann lass dir doch selbst was Lustiges einfallen!“, sagte Pettersson. „Ich hab mit meinen Sachen zu tun und kann nicht den ganzen Tag mit dir spielen, dann wird’s mir auch langweilig. Alte Männer finden gewisse Sachen lustig, und Kater finden

andere Sachen lustig. Was tun denn andere Kater? Liegen auf der Küchenbank und schlafen ... fangen Mäuse ... sitzen am Fenster und gucken raus ...“
„Müssen die einen Spaß haben!“, sagte Findus gereizt. „Aber das kannst du von mir nicht verlangen! Fang doch selber Mäuse! Ich geh jetzt. Mach die Tür auf!“
Pettersson ließ den Kater raus und knallte die Tür wieder zu. Es ärgerte ihn, dass er nicht in Ruhe arbeiten konnte, doch am meisten ärgerte ihn, dass er Findus traurig gemacht hatte.
Er arbeitete eine Weile weiter, aber er konnte sich nicht mehr konzentrieren. Es war ein ungutes Gefühl, dass sie sich verkracht hatten. Er musste es irgendwie in Ordnung bringen.
Findus war sauer. Er wollte sich rächen. Pettersson sollte auch mal fühlen, wie das ist, allein zu sein.
Ich versteck mich auf dem Dachboden, dachte Findus. Er soll tüchtig suchen müssen, bevor er mich findet!
Er ging durch seinen eigenen Eingang unter der Treppe auf den Dachboden. Dort fand er eine versteckte Kiste mit Decken und Kissen. In die kroch er hinein und baute sich ein Nest. Hier wollte er liegen bleiben und maulen, bis der Alte ihn fand.

Pettersson kam ins Haus und rief nach Findus. Keine Antwort. Er suchte in allen Zimmern. Kein Kater. Als er zum Dachboden hinaufrief, lag Findus mäuschenstill da, bereit, noch tiefer unter die Decken zu kriechen. So leicht sollte der Alte es nicht haben! Aber Pettersson machte die Tür wieder zu und suchte unten weiter. Auf dem Plumpsklo, im Holzschuppen, im Hühnerstall und im Baumhaus, aber Findus fand er nirgends.

Wenn er bloß nicht weggelaufen ist! Wenn er nun mal so böse und traurig ist, dass er nie mehr wiederkommen will! Pettersson war verzweifelt. Er irrte auf dem Hof herum und rief in alle Richtungen. Dann ging er zur Landstraße hinauf.

Vor jedem Haus blieb er stehen und rief. Dann ging er zurück und die Straße noch ein Stück in die andere Richtung. Lange stand er da und schaute über die schneebedeckten Wiesen, aber nirgends war Findus zu sehen.

Das ist ja total schiefgegangen, dachte er. Ich hab die Maschine doch gebaut, damit er sich freut, und stattdessen wird er traurig, weil ich ihn vergessen habe. Oder bau ich die Maschine nicht, damit er sich freut? Tu ich das vielleicht nur, weil es mir Spaß macht?

Niedergeschlagen und mit schlechtem Gewissen ging Pettersson zurück. Er suchte und rief noch mal vor allen Häusern, dann setzte er sich in die Küche, sah aus dem Fenster und schämte sich.

Währenddessen lag Findus auf dem Dachboden und wartete darauf, gefunden zu werden. Er hörte, wie Pettersson drinnen und draußen nach ihm rief. Das soll er ruhig, dieser attamatische Holzschmeißalte, dachte er.
Als Pettersson dann nach einer ganzen Weile zurückkam, fand Findus, dass es mit seinem Suchen nicht weit her war, wenn der Alte nicht mal ordentlich auf dem Dachboden nachguckte. Und deshalb glaubte Findus, Pettersson hätte mit dem Suchen aufgehört und kümmerte sich nicht mehr um ihn.
Er wurde wieder traurig und tat sich selbst leid. Hunger hatte er auch. Trotzdem wollte er sich noch nicht bemerkbar machen. Der Alte sollte ihn erst mal ordentlich vermissen. Heute Nacht würde er vielleicht wieder hervorkommen. Oder morgen.
Bockig beschloss Findus, zu bleiben und zu leiden.

Pettersson saß in der Küche und schämte sich, bis es dunkel wurde. Da machte er sich wirklich Sorgen. Er ging hinaus, um noch einmal zu suchen.
Als Findus ihn rufen hörte, wurde sein Herz weich und er dachte, wenn der Alte wieder reinkommt, reicht es. Dann geh ich nach unten.
Er kletterte über das Gerümpel zu seiner Kiste. Ein paar alte Zeitungen fielen auf ihn herunter, und er kriegte gerade noch mit, dass etwas Großes auf ihn zukam und ihn in die Decken drückte. Ein schweres Brett war über die Kiste gefallen und hatte ihn eingeschlossen.
Er schaffte es nicht, das Brett beiseitezuschieben. Er hämmerte und schrie nach Pettersson. Er hatte Angst und war verzweifelt und fing an zu weinen.
„Was für ein Krach“, piepste eine Stimme zwischen den Decken.
Es war eine schlecht gelaunte Maus, die da mit einer Laterne stand.
„Ich bin eingeschlossen! Wenn Pettersson mich nun mal nie mehr findet“, schluchzte Findus.
„Willst du dann immer hier wohnen?“
„Ich weiß nicht! Ich will nicht!“, heulte Findus.
„Wenn du dein ganzes Leben lang hier wohnen willst, darfst du nicht solchen Krach machen, womöglich hundert Jahre lang. Dann kann ich nicht schlafen. Aber irgendwann in hundert Jahren muss ich ja mal schlafen.“

„BUÄÄÄÄ! Ich will nicht hundert Jahre lang hier sein! Kannst du nicht Pettersson Bescheid sagen, wenn er wiederkommt?"
„Nee, das geht nicht", sagte die Maus. „Ich muss jetzt schlafen. Und du musst auch schlafen. Ich sing dir was vor."
Sie sang ein trauriges Lied von einer Maus, die nicht schlafen konnte, weil die Katze solchen Krach machte. Und das Lied war so lang und herzergreifend und traurig, dass Findus vergaß, wie schwer er selbst es hatte, und schließlich schlief er ein.

Als Findus aufwachte, war das Brett weg. Er sprang aus der Kiste und starrte es verwundert an. Es stand wieder an seinem alten Platz. Dann musste Pettersson hier gewesen sein! Findus lief nach unten.
Pettersson ging besorgt in der Küche auf und ab und guckte aus dem Fenster, obwohl es draußen ganz schwarz war. Findus spähte durch die Küchentür.
„Hast du aufgehört zu bauen?", fragte er.
Pettersson fuhr herum, und all die bekümmerten Falten auf seiner Stirn verschwanden, als er den Kater entdeckte.
„Findus! Wo bist du gewesen!? Ich hab den ganzen Tag nach dir gesucht."
„Hast du mich nicht in der Kiste gesehen, als du das Brett weggenommen hast?"
„Nee. Wo denn? Ich hab kein Brett weggenommen ..."

„Auf dem Dachboden", sagte Findus.

„Ich hab vor einer Weile auf dem Dachboden gesucht, aber ein Brett hab ich nirgendwo weggenommen. Hast du mich nicht rufen hören? Warum warst du auf dem Dachboden? Ich hab doch den ganzen Tag nach dir gesucht und gerufen …"

Findus guckte den Alten genau an, um herauszufinden, ob er schwindelte, aber er sah nicht so aus.

„Doch, ich hab dich gehört, aber ich hab mich einfach nicht darum gekümmert. Es macht überhaupt keinen Spaß, wenn du dauernd nur an deinen Holzeinwerfer denkst."

Pettersson schämte sich wieder.

„Nee, ich weiß. Ich versteh schon, dass du böse warst, und ich versprech dir, dass ich nicht mehr jeden Tag an ihn denken werde. Aber du musst mir versprechen, dass du nicht wieder einfach so verschwindest ohne was zu sagen. Ich hab mir den ganzen Tag große Sorgen gemacht und war sehr traurig."

„Das solltest du ja auch."

„Ja, nun hab ich es verstanden. Morgen gehen wir angeln, ja?"

„Au ja, prima! Aber, du, Pettersson, wenn du nächstes Mal nach mir suchst, musst du da suchen, wo ich bin. Sonst macht es doch keinen Spaß."

„Nee, das ist klar", sagte Pettersson. „Daran hab ich nicht gedacht."

Kapitel 10

Pettersson stand wieder in seinem Tischlerschuppen und fummelte an seiner Maschine. Gestern sind er und Findus mehrere Stunden angeln gewesen. Dann haben sie Feuerholz reingetragen, sind einkaufen gegangen und haben all das getan, was man manchmal tun muss, wenn man gerade nicht an einer Weihnachtsmannmaschine baut. Fast den ganzen Tag lang hat er nicht daran gedacht, nur manchmal heimlich, wenn Findus es nicht merkte. Aber jetzt musste er weitermachen, wenn er bis Weihnachten fertig werden wollte.

Die Maschine sah nun wirklich sehr kompliziert aus, und eigentlich war daran nicht mehr viel zu bauen. Das einzige Problem war, dass sie nicht besonders funktionierte. Manchmal ging es ganz gut, dann wieder blieb sie irgendwie hängen. Das Getriebe klemmte, die Riemen hatten nicht genügend Kraft zu ziehen, und die Luke, aus der der Weihnachtsmann kommen sollte, öffnete sich nicht immer, wenn sie sollte.

Eine Weihnachtsmannmaschine baut man nicht mal eben in einer Kaffeepause, selbst wenn man so viel Kaffee wie Pettersson trinkt. Es machte keinen solchen Spaß mehr zu bauen, weil es nicht so gut wurde, wie er sich das vorgestellt hatte.

Findus war oben auf dem Hügel und fuhr Schlitten. Wieder und wieder sauste er über einen Huckel und in ein Loch, wo der Schlitten ganz plötzlich stehen blieb und Findus runterfiel. Das Runterfallen war das Lustigste am Schlittenfahren.

Plötzlich entdeckte er einen merkwürdigen kleinen Briefträger. Er trug ein riesiges Käppi und eine Briefträgeruniform, eine mächtige Tasche quer vor dem Bauch und an den Füßen Skier. Er sprang auf und ab und schlug gleichzeitig mit den Armen.

„Frierst du?“, fragte Findus.
„Aber nein“, sagte der Briefträger. „Mir ist so warm. Warm wie eine gebackene Kartoffel. Ich übe fliegen. Wie eine Fliege. Oder wie ein Fliegenschnäpper. Oder ein Ziegenretter. Oder ein Stiegenwetter. Bist du ein gestreifter Kater mit Namen Snorre oder Sverre?“
„Nein. Ja. Ich bin ein gestreifter Kater, aber ich heiße Findus.“
„Nein und ja. Hin und her. Rauf und runter“, quasselte der Briefträger weiter, während er auf einen kleinen Hügel stieg.
„Warum redest du so komisch?“, fragte Findus.
„Ich rede, wie es sich gehört. Ich bin ein Briefträger. Es gibt Hosenträger, Brillenträger und Kofferträger. Aber ich bin ein Briefträger. Jetzt will ich niesen üben, ohne rückwärts zu fahren. Gleich niese ich …“
Er sammelte einen Nieser, holte tief Luft und – HAAAATSCHI!!! – fuhr rückwärts den Hügel hinunter, fiel hin und überkugelte sich. Findus lachte.
Der Briefträger drückte sich die Mütze auf den Kopf und stieg wieder auf den Hügel.
„Die erste Pflicht eines Briefträgers ist es, nicht rückwärts zu fahren, wenn er niesen muss, und das übe ich“, sagte er.

„Aber was machst du hier im Wald? Ein Briefträger soll den Weg entlanggehen“, sagte Findus.
„Wer sagt, dass er das soll?“, fragte der Briefträger. „Ich weiß davon nichts. Wir Briefträger haben unsere eigenen Gesetze. Aber wir befolgen sie nicht. Wir pfeifen drauf. Pfeifen können wir sehr gut. Das haben wir geübt. Das erste Gesetz der Briefträger ist VERIRR DICH NICHT. Aber ich hab mich jedenfalls verirrt. Sofort. Dies ist nämlich mein erster Tag als Briefträger, nachdem ich 27 Jahre die Briefträgerschule besucht habe. Ich muss nur ein Paket und eine Karte austragen, und trotzdem hab ich mich verirrt. Jetzt hab ich Hunger.“
„Du kannst bei uns etwas zu essen kriegen. Ich wohn da unten“, sagte Findus.
„Muss ich die Skier abschnallen, wenn ich zu euch reingehe und euer Essen esse?“, fragte der Briefträger.
„Ich glaub, ja.“
„Dann lassen wir das. Ich kann mich nicht runterbeugen und sie abschnallen. Dann fall ich um.“
Der Briefträger zeigte, was er nicht konnte, und als er sich runterbeugte, rutschte er vom Hügel und kugelte durch den Schnee. Findus lachte.
„Ich kann die Skier nicht abnehmen“, sagte der Briefträger. „Deshalb hab ich etwas zu essen dabei. Würstchen in der Tasche. Briefträgerwürstchen. Möchtest du eins?“
Sie nahmen jeder ein Würstchen. Der Briefträger stopfte sich seins auf einmal in den Mund.
„Kannst du reden, wenn du den Mund voller Wurst hast?“, fragte er undeutlich.

„Kann ich schon", sagte Findus.
„Wollen wir mal ausprobieren, wer reden kann, wenn er den Mund am vollsten hat?", fragte der Briefträger.
Sie stopften sich den Mund voll und redeten. Keiner verstand den anderen.
Findus lachte, dass die Würstchen nur so spritzten.
„Ich hab gewonnen", sagte der Briefträger. „In so was sind wir Briefträger gut. Wir haben geübt."
„Ich finde dich witzig", sagte Findus. „Bist du jetzt immer unser Briefträger?"
„Nein, heute ist mein letzter Tag."
„Aber du hast doch gesagt, dass es der erste ist", sagte Findus.
„Ja, aber Briefträger sein macht keinen Spaß. Ich möchte lieber Zauberer werden. Ich kann zaubern. Guck mal!"
Der Briefträger nahm Schnee und formte einen Schneeball. Aber einen Augenblick später hatte er stattdessen ein Kartenspiel in der Hand, das er ungeschickt mischte. Findus guckte verwundert zu, aber bevor er darüber nachdenken konnte, hielt ihm der Briefträger das Kartenspiel hin und sagte:
„Zieh eine Karte, irgendeine, die oberste."
Findus nahm die oberste Karte.
„Was war es?", fragte der Briefträger. „Lass mal sehen. Herz vier. Leg sie zurück." Er mischte ungeschickt und umständlich.
„Jetzt zaubere ich sie wieder hervor." Er nahm die oberste Karte. „Da ist sie!"
„Neee, das ist die falsche", sagte Findus.
„Die falsche? Bist du sicher?"
„Ja, guck doch selbst."
Der Briefträger zog die nächste Karte. „Dann diese!"
„Neeee, falsch!", sagte Findus.
Der Briefträger zog die nächste. „Hier ist sie! Schmerz hier!"
Findus lachte. „Nein, das war schon wieder falsch. Du kannst gar nicht zaubern."
„Kann ich wohl", sagte der Briefträger beleidigt. „Als ich von zu Hause wegging, konnte ich es jedenfalls noch."
Er sammelte die Karten ein. Unmerklich wurden sie zu einem Schneeball in seinen Händen. Den warf er gegen einen Baum, und der Schneeball ging kaputt. Das geschah so natürlich, dass Findus gar nicht richtig merkte, dass es

etwas sonderbar war. Und als er es merkte, redete der Briefträger schon von was anderem.
„Hab ich erzählt, dass ich Briefträger bin? Ja, ich glaube, das hab ich gesagt. Die erste Pflicht eines Briefträgers ist es, Briefe in seiner Tasche zu haben. Das hab ich nicht. Ich habe eine Karte und ein Paket in meiner Tasche. Willst du die Karte lesen?"
„Ist sie für mich?", fragte Findus erfreut. Auf der Karte war ein Weihnachtsmann, der einem Mädchen ein Paket überreichte.
„Das weiß ich nicht", sagte der Briefträger. „Es steht kein Name drauf. Du kannst sie haben. Kannst du lesen? Ich kann lesen. Hier steht: ‚Lieber Halbbruder! Herzlichen Dank für die Weihnachtskarte, die du mir letztes Jahr geschickt hast. Das werde ich dir nie vergessen. Leb wohl.' Ich hab's selbst geschrieben. Ich schenk sie dir."

Er wühlte in der Tasche und holte ein Paket hervor. „Dann ist da nur noch ein Paket. Wollen wir es aufmachen?"
„Ist es denn für mich?", fragte Findus.
„Mal sehen … Da steht ‚An den alten Pettersson'. Das bist du nicht. Du bist ein Kater."
Findus streckte eifrig die Arme aus. „Pettersson? Das ist mein Alter!"
„Wirklich?", sagte der Briefträger. „Wie gut! Dann kannst du es für ihn mitnehmen. Es ist sehr eilig. Es ist ein Eilpaket."
„Eilpaket?"
„Nein, Seilpaket. Pfeilpaket, mein ich! Schnell wie ein Pfeil muss es gehen."

„Aber wieso sitzt du dann hier rum und redest und isst Würstchen, wenn es so eilig ist?“, fragte Findus.
„Ich hatte Hunger, das hast du doch gesehen!“, sagte der Briefträger. „Ich hab sogar mehrere Würstchen auf einmal gegessen. Und außerdem bin ich kein Briefträger mehr. Schon in einer Viertelstunde kehre ich in die Wälder zurück, wo ich geboren wurde. Vielleicht fressen mich da die Bären auf, und ich will mein letztes Stündchen nicht für ein Paket opfern. Das kannst du hinbringen. Ist ja schließlich dein Alter. Beeil dich. Jetzt werf ich einen Schneeball.“
Findus nahm das Paket und entfernte sich ein paar Schritte, während er sich immer noch erstaunt nach der kleinen Figur umsah.
„Tschüs, Findus! Jetzt werf ich einen Schneeball.“
„Tschüs“, sagte Findus leise.
Der Briefträger warf einen Schneeball hoch in die Luft. Er zerplatzte zwischen den Baumästen ganz oben. Tausend funkelnde Sterne sanken herab und verbargen ihn in einer Wolke von Schneeflocken. Als der Schnee auf der Erde ankam, war der Briefträger verschwunden.

Pettersson saß bei einer Tasse Kaffee in der Küche und grübelte über seine misslungene Maschine nach, als Findus hereingestürzt kam.

„Pettersson! Ich hab einen komischen Briefträger getroffen. Er konnte zaubern! Er hat sich weggezaubert!"

Pettersson sah Findus lange an. Als er erkannte, dass es ernst war, wurde er neugierig. Aufgeregt erzählte Findus, was passiert war.

„… und dann hat er noch ein Paket für dich gehabt. Es ist eilig, aber er wollte es nicht abliefern, denn er wollte in den Wald und von den Bären gefressen werden."

„Ach, hat er das gesagt? Hatte er es damit so eilig?", sagte Pettersson und untersuchte das Paket. „Von wem kann das sein? Es ist keine Briefmarke drauf."

Das Paket war mit einer ungewöhnlichen Schnur umwickelt. Sie sah aus wie gezwirntes Ziegenhaar mit einem dünnen goldenen Faden drum herum. Im Paket war eine kleine blaue Flasche. Auf dem Etikett stand:

„MIRAKELÖL. Schmiert alles: Mähdrescher, Nagelbeißer, Holzeinwerfer, Weihnachtsmannmaschinen und mechanische Fausthandschuhe."

„Das ist ja komisch", sagte Pettersson und betrachtete die kleine Flasche verwundert. „Genau das brauch ich noch für meine Maschine. Komisch … Es weiß doch niemand, dass ich so eine Maschine baue. Außer Signild. Ja, dann gibt es wohl noch mehr, die davon wissen. Hast du kein Paket gekriegt?"
„Nein. Nur eine Karte. Die hat er selbst geschrieben", sagte Findus.
„Er hat sie selbst geschrieben? Ein komischer Briefträger. Darf ich sie lesen?", fragte Pettersson.
„Es gibt eine Überraschung!", las er. „Es gibt eine Überraschung."
Findus starrte auf die Karte. Er sah fast aus, als hätte er Angst.
„Das hat da nicht gestanden, als er sie vorgelesen hat. Und es ist auch nicht dasselbe Bild! Als ich sie bekam, war da ein Mädchen drauf, aber jetzt ist es ein Kater."
Pettersson betrachtete das Bild. „Der sieht dir sehr ähnlich."
„Er hat gezaubert!", sagte Findus eifrig. „Mir kam dieser Schneeball gleich komisch vor. Die Karte hab ich die ganze Zeit festgehalten. Er hat sie in eine andere Karte verzaubert."
Pettersson dachte nach und zupfte sich am Bart. Er sah die Karte an, und er sah Findus an, der ganz durcheinander war. „Wir gehen hin und gucken nach."
Sie gingen den Hügel hinauf. Findus zeigte, wo er den Briefträger getroffen hatte. Aber die Skispuren waren verschwunden und alle anderen Spuren auch.
„Wenn du nicht ein Paket und eine Karte gekriegt hättest, ich würde glauben, dass du dir das alles nur ausgedacht hast", sagte Pettersson. „Ich weiß nicht, wen du getroffen hast, aber ein gewöhnlicher Briefträger war das jedenfalls nicht."
„Warum hat er dann gesagt, dass er einer ist?", fragte Findus.
„Ich weiß nicht", sagte Pettersson. „Vielleicht wollte er dir eine Nachricht überbringen. Und mir ein Paket. So was machen ja Briefträger."
„Da stand, dass es eine Überraschung geben wird. Ich will sie sofort haben", sagte Findus.
„Das glaub ich dir wohl", sagte Pettersson. „Aber Überraschungen kommen dann, wenn man am wenigsten damit rechnet. Oder Heiligabend."

Später am Abend, als Findus schon schlief, probierte Pettersson das Mirakelöl aus. Eigentlich glaubte er ja, dass es ein Nachbar war, der sich einen Spaß mit ihm machen wollte, aber ausprobieren konnte er es trotzdem. Er beträufelte die Maschine an den Stellen, wo sie hängen geblieben war, und drehte an dem großen Zahnrad.
Und zu seiner großen Überraschung funktionierte sie jetzt genau, wie sie sollte! Die Zähne griffen leise und ordentlich ineinander, die Tür öffnete sich, die Stange, an der der Weihnachtsmann befestigt werden sollte, schob sich heraus und stand eine Weile still, dann zog sie sich leise zurück und die Tür schloss sich wieder.

Pettersson war platt. Wieder und wieder probierte er es, und jedes Mal funktionierte es. Er musterte die Flasche, roch daran. Er verstand gar nichts.
Und in diesem Augenblick wollte er auch nicht weiter darüber nachdenken. Er freute sich einfach darüber, dass seine Maschine so gut funktionierte. Er hatte schon fast vergessen, wie hoffnungslos er heute gewesen war. Am liebsten hätte er alles hingeworfen und Findus erzählt, es gäbe keinen Weihnachtsmann. Aber jetzt funktionierte es ja! Wenn er so weit gekommen war, würde er den Rest auch noch schaffen. Der Kater sollte seinen Weihnachtsmann haben, auf jeden Fall!

Kapitel 11

Am 13. Dezember war das Lucia-Fest, das Fest der Lichterbraut. An diesem Tag standen sie besonders früh auf, weil Pettersson die Lucia-Lieder im Radio hören wollte. Er stellte das Radio an und kochte Grütze. Noch hatten sie ja nicht angefangen zu singen.
Findus schlug Streichholzschachteln. Das heißt, er legte eine Streichholzschachtel so hin, dass sie ein Stück über die Tischkante ragte. Dann schlug er zu, sodass sie hochflog. Wenn sie dreimal hintereinander mit dem Sternenbild nach oben auf dem Fußboden landete, würde der Weihnachtsmann Heiligabend kommen, das hatte er beschlossen.
Er war lange damit beschäftigt, und hin und wieder murmelte er: „Noch mal“ und „Das zählt nicht“.
Pettersson stellte die Grütze auf den Tisch und setzte sich auf die Bank. „Was zählt nicht?“, fragte er.
Findus erklärte ihm, wie man mithilfe einer Streichholzschachtel voraussehen kann, was passieren wird.
„Ach, so macht man das?“, sagte Pettersson. „Hast du Angst, der Weihnachtsmann könnte nicht kommen?“
„Ja, ein bisschen. Es ist schon so lange her, dass wir die Schneehöhle gebaut haben. Wenn er das nun mal vergessen hat? Vielleicht müssen wir noch eine bauen?“
„Nein, lieber nicht“, sagte Pettersson. „Dann ärgert er sich womöglich, weil du kein Vertrauen zu ihm hast. Die Schneehöhle ist doch zusammengebrochen und den Wunschzettel haben wir nicht wiedergefunden, dann muss ihn doch der Weihnachtsmann genommen haben, meinst du nicht?“
„Jaaa … wahrscheinlich“, sagte Findus, seine Stimme klang aber nicht richtig überzeugt.

„Horch, jetzt fangen sie an, jetzt wollen wir zuhören."
Schweigend aßen sie ihre Grütze und lauschten den Liedern aus dem Radio. Pettersson fand sie jedenfalls sehr schön. Er hatte nur ein einziges Mal einen Lucia-Umzug gesehen, und das war, als er vor langer Zeit einmal im Krankenhaus gelegen hatte. Da waren sie hereingekommen, weiß gekleidete Mädchen mit Lametta im Haar und Kerzen in den Händen, und sie hatten so himmlisch gesungen. Pettersson, der noch nicht ganz wach gewesen war, hatte geglaubt, er wäre im Paradies. Seitdem war er der Meinung, dass Lucia das Schönste war, was es gab.
Aber Findus wusste nicht genau, was Lucia war. Nachdem alle Lieder gesungen waren, erzählte Pettersson ihm, wie schön es gewesen war, als die Lucia-Braut mit ihrem Lichterkranz auf den Haaren und die anderen Mädchen mit ihren Kerzen hereingeschritten waren.
Findus hörte zu und versuchte sich vorzustellen, wie das ausgesehen hatte.
„Müssen Lucias immer Mädchen sein?", fragte er.

„Müssen und müssen“, sagte Pettersson. „Jedenfalls dürfen es keine alten Männer mit Bärten sein.“
„Ich hab eher daran gedacht, ob es auch ein Kater sein kann“, sagte Findus.
„Doch, ein Kater geht. Möchtest du Lucia sein?“
„Ja“, sagte Findus begeistert. „Mit einer Kerze auf dem Kopf.“
Pettersson suchte einen besonderen Kerzenhalter heraus, den er Findus wie einen Helm auf den Kopf setzte und mit einer Schnur um Findus' Kinn festband. Dann steckte er eine Kerze hinein. Pettersson schnitt Löcher in ein altes Kopfkissen für den Kopf und die Arme. Es wurde ein hübsches Lucia-Kleid.
„Jetzt müssen wir nur vorsichtig sein, damit kein Feuer im Haus ausbricht. Ich geb dir ein Tablett mit Kaffee und Pfefferkuchen, und dann kommst du als Lucia herein.“

Findus lief mit dem Tablett vor die Tür. Pettersson setzte sich auf einen Stuhl und wartete. Jetzt kam Lucia, die Lichterbraut!
Sofort begann Findus, laut zu singen. „Sangtaaa Luciiia, Sangtaaa Luciiia!“, sang er und kam mit großen Schritten auf Pettersson zu. „Hier“, sagte er und reichte Pettersson das Tablett, dann sang er weiter „Sangtaaa Luciiia“.

Etwas unsicher schielte er zu Pettersson hinauf. Er merkte selbst, dass sein Gesang nicht ganz so schön klang wie im Radio.
„Das war sehr schön“, sagte Pettersson. „Aber du kannst ruhig langsamer gehen, wenn du hereinkommst. So langsam, wie du sonst nie gehst. Es muss ganz leise und stimmungsvoll sein. Aber sonst war es gut.“
„Ich mach es noch mal. Warte hier.“
„Ja, ich warte hier.“
Findus verschwand wieder. Bald ertönte ganz schwach dasselbe Lied, und der Kater kam sehr, sehr langsam in die Küche. Er guckte zu dem Alten.
„Das war wunderbar“, sagte Pettersson. „Wenn man mehrere Leute aufsucht, kann man etwas schneller gehen. Und man kann auch ‚Stille Nacht, heilige Nacht‘ singen.“
„Das kann ich nicht.“
„Nee, aber es geht auch so. Jetzt kannst du all deine kleinen Freunde besuchen, und ich geh in den Tischlerschuppen.“

Mindestens eine Stunde lang wanderte Findus als Lucia-Braut herum und besuchte seine Freunde. Als Pettersson im Tischlerschuppen stand, sah er Findus in den Holzschuppen gehen. Als er auf dem Dachboden nach einem Brett suchte, hörte er den Kater am anderen Ende des Bodens singen. Und als er die Speiseschranktür öffnete, um nach einer Bohrwinde zu suchen, kam Findus mit seinem Tablett heraus. Als er schließlich mit dem leeren Tablett in den Tischlerschuppen kam, sah er ganz fertig aus.

„Jetzt war ich Lucia bei all meinen Freunden", sagte er. „Jetzt reicht's. Es ist blöd, die ganze Zeit dasselbe zu singen."
„Ja, du hast heute wirklich tüchtig gearbeitet", sagte Pettersson und feilte weiter an einem Stück Eisen.
„Wozu ist das?", fragte Findus.
„Das soll da an dem Rad sitzen und eine Feder ziehen."
Der Kater untersuchte die Maschine.
„Und wozu sind diese Türen?"
„Na ja … die mach ich später ab", sagte Pettersson verlegen. „Das sind sozusagen die Ofenklappen."
„Wie?" Findus drehte an dem großen Zahnrad, und alles begann sich zu bewegen. „Sollen die Holzscheite auf diesem Brett angefahren kommen? Und wie kommen sie dann in den Ofen?"
„Ja, also …" Pettersson war sehr verlegen. „Das ist schwer zu erklären … Hier soll ein Kasten mit Holzscheiten hängen, und dann fällt immer ein Scheit zur Zeit aufs Brett … So soll das sein … Guck mal, was für ein großer Vogel! Jetzt ist er weg. Das muss ein Adler gewesen sein, hinter den Tannen dahinten. Hast du großen Hunger? Ich glaub, ich muss rein und frühstücken, solchen Hunger hab ich. Wann hab ich eigentlich zuletzt was gegessen?"
„Zum Frühstück doch", sagte der Kater. Er war ganz erstaunt über das plötzliche Geplapper.

„Aber das ist schon so lange her. Ich brauch auf der Stelle eine Tasse Kaffee. Komm, du darfst auf meinem Hut reiten!"
Und das fand Findus so wunderbar, dass er vergaß, weiter nach dem Holzeinwerfer zu fragen.
Als sie in der Küche beim Kaffee saßen, betrachtete Findus den Ofen und sagte sinnend: „Wenn die ganze Maschine vor dem Ofen steht, kommt man ja kaum noch ran."
„Nee, das wird wohl ein bisschen zu eng", sagte Pettersson. „Aber die soll da ja auch nur stehen, wenn wir nicht zu Hause sind."
„Na gut, aber … Ich finde, du solltest lieber was für mich bauen, womit ich spielen kann."
„Aha, und was könnte das sein?"
„Tja, zum Beispiel so ein Rad, das man dreht, dann bewegt sich ein Stock, und dann dreht sich ein anderes Rad, und dann fällt was runter. Irgendwas Lustiges."
„Ah, so meinst du das. Das klingt ja so ähnlich wie mein Holzeinwerfer. Du darfst später damit spielen, falls er nicht funktioniert. Aber erst will ich versuchen, ihn fertig zu kriegen. Es ist bald so weit."
„Kannst du mir nicht helfen, einen Schneemann zu bauen?", fragte Findus.
„Nein, jetzt will ich lieber an meiner Maschine bauen."
Findus seufzte. „Und was soll ich so lange machen?"
„Du kannst Puzzle legen, das macht Spaß", sagte Pettersson und holte die Schachtel mit dem Puzzlespiel aus dem Schrank. „Hier, guck mal", sagte er und kippte die Teile auf den Tisch. „Man sucht die Teile heraus, die ineinanderpassen, dann drückt man sie zusammen, und allmählich entsteht ein Bild."
„Und das soll Spaß machen?", fragte der Kater misstrauisch.
„Ja, viel Spaß." Eine Weile zeigte Pettersson ihm, wie man es machte, bis Findus ein bisschen interessiert war.
Dann ging Pettersson in den Tischlerschuppen und feilte weiter an seinem Eisenstück.

Eine halbe Stunde später ging er wieder hinein. Der Kater lümmelte am Küchentisch und schlug Streichholzschachteln. Besonders fröhlich sah er nicht aus.

„Bist du schon fertig mit dem Puzzle?“, fragte Pettersson.
„Ja, ich hab’s unter die Bank geschoben. Das hat keinen Spaß gemacht. Die Teile passten ja nicht zusammen.“

„Doch, irgendwo passen sie. Das ist doch das Lustige daran, nach den Teilen zu suchen, die zusammenpassen.“
„Ich finde das überhaupt nicht lustig“, maulte der Kater. „Es wär viel besser gewesen, wenn sie sofort zusammengepasst hätten, dann braucht man nicht zu suchen.“
„Ach so. Und wie geht es mit dem Streichholzschlagen? Kommt der Weihnachtsmann?“
„Scheint nicht so. Ich hab es noch nicht dreimal hintereinander geschafft.“
Pettersson setzte sich und sah zu, wie die Schachtel wieder und wieder durch die Luft flog.
„Jetzt lass mal die Schachtel. Mit dem Weihnachtsmann ist es nämlich so: Wenn man wirklich an ihn glaubt, dann gibt es ihn auch.“
Findus sah den Alten erstaunt an. „Ist doch klar, dass es ihn gibt! Ich will ja bloß wissen, ob er Heiligabend kommt.“
„Man muss sich konzentrieren“, sagte Pettersson. „Vielleicht geht es besser, wenn wir einander helfen. Jetzt denken wir, so sehr wir können, dass der Weihnachtsmann uns hört. Dann zaubert er vielleicht mit der Schachtel. Vielleicht. Nun schlag, dann werden wir ja sehen.“

Sie machten die Augen zu und dachten, so sehr sie konnten, dass der Weihnachtsmann vielleicht irgendwo saß und hörte, was sie dachten.
Findus schlug wieder. Die richtige Seite lag zuoberst.
Er schlug noch einmal. Zum zweiten Mal die Sterne!
Findus war furchtbar gespannt. Die Schachtel wirbelte zum dritten Mal durch die Luft. Und landete hochkant!
Der Kater und der Alte starrten die Schachtel an.
„Es ist nicht die richtige Seite", sagte Findus.
„Nee, aber auch nicht die falsche", sagte Pettersson. „Wahrscheinlich will der Weihnachtsmann nicht vorher verraten, ob er kommt. Weißt du was, jetzt backen wir Pfefferkuchen. Was hältst du davon?"

Das war eine ausgezeichnete Idee, fand Findus. Pfefferkuchenteig mochte er besonders gern. Dabei kann man immer sicher sein, dass etwas daraus wird.

Kapitel 12

Die Tage vergingen schnell. Jetzt war es nicht mehr lange bis Heiligabend. Aber an der Weihnachtsmannmaschine war noch immer eine Menge zu tun. Alles dauerte viel länger, als Pettersson gedacht hatte. Vieles funktionierte nicht, wie er sich es vorgestellt hatte. Der Alte wurde ein wenig nervös, dass er es nicht mehr schaffen könnte.

Am Vormittag war er eine ganze Weile damit beschäftigt gewesen, Schrauben und Muttern herauszusuchen, die an einer bestimmten Stelle passen sollten. Er reihte sie vor sich auf der Hobelbank auf. Er befestigte die eine Schraube. Als er die andere greifen wollte, war sie verschwunden. Er suchte überall, auf der Hobelbank, auf dem Schrank, in allen Schubladen, auf dem Fußboden, und er wühlte in seinen Taschen.

„Ich hab sie gerade noch gehabt", sagte er nervös. „Hier haben sie gelegen. Schrauben können doch nicht einfach verschwinden! Findus! Hast du die Schraube genommen, die hier eben noch gelegen hat?"

Findus saß unter der Hobelbank und drehte an einem Rad. „Was?", fragte er und guckte hervor.

„Hast du die Schraube genommen, die hier eben noch lag?", fragte Pettersson wieder.

Findus kam mit ernster Miene unter der Hobelbank hervor und sagte nachdrücklich:

„Nee, du, Pettersson, das will ich dir mal sagen. Wenn hier jemand ist, der die Schraube nicht genommen hat, dann bin ich das. Ich hab an einem Rad gedreht, das hab ich, ich hab eine Feder abgeschossen, das geb ich zu. Viele Nägel und Holzstückchen hab ich gesehen, aber eine Schraube hab ich nicht angerührt.“ Er legte beide Pfoten feierlich aufs Herz. „Ich schwöre bei meiner Mütze und meinem einzigen Schwanz, dass ich nie in meinem Leben eine Schraube genommen habe, jedenfalls nicht heute. Wenn du meinst, dass ich schuldig bin, nehme ich meine Strafe mutig und gefasst auf mich, aber ich werde immer unschuldig sein, bis in den Tod.“

Pettersson sah ihn verblüfft an.

„Es hätte gereicht, wenn du Nein gesagt hättest“, bemerkte er.

Findus drehte weiter an dem Rad.

„Aber ich hab gesehen, wer es getan hat!“, sagte er.

Pettersson starrte ihn an.

„Was sagst du da? Gibt es noch jemanden hier drinnen?“

„Klar, das weißt du ganz genau“, sagte Findus, als ob das ganz selbstverständlich wäre. „Die wohnen doch hier.“

„War hier wieder eine Maus? Wo hast du sie gesehen?“

„Sie ist hinter den Kochtopf bei der Tür gelaufen.“

Pettersson stürzte hin, fand aber nichts.

„Die haben da ihren Eingang, wahrscheinlich ist sie schon draußen“, sagte Findus.

„Ihre Tür? Wie viel du weißt! Ich seh keine Tür.“

„Sie ist in der kleinen Kiste, auf der eine Dose mit Farbe steht.“

Pettersson hob die Kiste hoch und sah die kleine Tür in der Wand.

„Du darfst die Kiste nicht wegnehmen!“, sagte Findus ärgerlich. „Das ist ihr Vorraum. Da stellen sie immer ihren Schlitten ab.“

Verwirrt sah Pettersson die Kiste an, dann Findus, dann wieder die Kiste.

„Ihren Schlitten? Woher weißt du das alles?“

„Das sind meine Freunde“, antwortete Findus gleichgültig. „Sie haben mir alles gezeigt.“
Pettersson wurde böse. „Freunde und Freunde!“, zischte er. „Weißt du, was Katzen tun, wenn sie Mäuse rumrennen sehen, die Schrauben klauen? Die fangen die Mäuse! Jawohl, das tun Katzen. Katzen sind nicht befreundet mit Mäusen.“
Da wurde Findus auch wütend.
„Und was machen sie dann mit den Mäusen? Kannst du mir das beantworten, Pettersson?“
Der Alte war ein bisschen verlegen, dass er es so geradeheraus sagen sollte. Findus war schließlich nicht wie andere Katzen.
„Sie … fressen sie auf“, sagte er verschämt.
„Genau!“, sagte Findus aufgeregt. „Sie beißen ihnen die Köpfe ab und fressen sie auf! Willst du, dass ich so mit meinen Freunden umgehe, he? Tut man so was? Vielleicht willst du mir auch plötzlich den Kopf abbeißen, nur weil ich eine kleine, blöde Schraube weggenommen habe?“
„Nein, nein, natürlich nicht“, sagte Pettersson schnell. „Aber ich werde so böse, wenn so viel Zeit mit der Suche nach allem Möglichen vergeht. Es reicht schon, dass ich alt und zerstreut bin. Trotzdem merk ich es, wenn hier noch

jemand ist, der mir Sachen klaut, die ich dringend brauche! Da muss ich doch böse werden. Ich will meine Schraube wiederhaben! Und alles andere, was auch verschwunden ist. Vielleicht hat diese Maus einen Haufen Sachen, die ich vermisse."

Findus drehte wieder an dem Rad.

„Ja, da bin ich sicher", sagte er. „Aber es ist keine Maus. Es ist eine Muckla."

„Aha, jaja. Egal, wie sie heißt, ich will meine Schraube wiederhaben. Was meinst du, wo sie jetzt ist?"

„Wahrscheinlich zu Hause", sagte Findus. „Sie wohnt unterm Küchenfußboden."

Vor dem Tischlerschuppen sahen sie Spuren von einem kleinen Schlitten. Sie folgten der Spur bis unters Küchenfenster. Dort verschwand sie zwischen den Grundmauern.

„Was sollen wir jetzt machen?", fragte Pettersson. „Kannst du unter den Küchenfußboden kriechen? Schaffst du das?"

„Klar schaff ich das", sagte Findus.

„Dann geh runter zu deiner Freundin und hol die Schraube zurück. Ich brauch sie", sagte Pettersson. „Es war die einzige, die passte. Und jetzt bin ich sauer, und ich will nicht mehr sauer sein. Sag ihr das. Ich warte in der Küche."

„Aber … wie soll ich wissen, welche Schraube es ist", sagte Findus.

„Nimm alle Schrauben!", sagte Pettersson barsch. „Oder hat sie so viele gehortet, dass du sie nicht tragen kannst?"

„Jaaa … es sind ziemlich viele. Aber ich nehm so viele, wie ich schaffe", sagte Findus und lief ums Haus davon.

Pettersson schüttelte den Kopf und ging in die Küche.

„Da hat man nach diesem und jenem gesucht, und dann liegt es vermutlich unterm Küchenfußboden", knurrte er. „Was hat Findus bloß für Freunde? Mäuse und Mucklas! Ja, ja. Diebe und Banditen, das sind seine Freunde!"

Pettersson goss sich Kaffee ein, legte ein Holzscheit in den Ofen, setzte sich an den Küchentisch und wartete auf Findus. Dann guckte er auf den Fußboden und fragte sich, wo all die Sachen lagen. Er kniete sich hin, legte das Ohr gegen den Fußboden und lauschte. Es war nichts zu hören. Er rutschte zu einer anderen Stelle und lauschte. Da meinte er, ganz schwach Findus' Stimme zu hören. Immer eifriger rutschte er herum, das Ohr die ganze Zeit an den Fußboden

gepresst. Schließlich war er sicher, dass hier, genau unter ihm, die Maus mit all seinen Sachen wohnte. Er setzte sich auf den Stuhl und starrte auf die Stelle, wo er sie vermutete.
„Da“, sagte er zufrieden zu sich selbst, „da liegen meine Sachen.“

Bald kam Findus in die Küche. Er trug einen kleinen Korb voller Schrauben und stellte ihn Pettersson vor die Füße. Er sah ernst aus.
„Hier hast du deine Schrauben“, sagte er. „Muckla ist traurig. Sie will sie gern selbst behalten. Du darfst dir jetzt nur die raussuchen, die du brauchst.“
„SELBST?!“, brüllte Pettersson. „Wenn hier jemand selbst ist, dann bin ich das. Das sind doch meine Schrauben! Ich nehm so viele, wie ich will.“
„Nein, das darfst du nicht“, sagte Findus. „Sie findet, die Schrauben gehören jetzt ihr. Ich hab ihr versprochen, den Rest zurückzubringen.“
Pettersson riss sich den Hut vom Kopf, biss hinein und stöhnte: „Himmel, muss ich mich wirklich mit meinem Kater darüber auseinandersetzen, wie weit meine Schrauben, die eine Maus geklaut hat, mir oder der Diebin gehören? Ich bin sicher, dass niemand auf der ganzen Welt solche Diskussionen führen muss. Jeder würde ein Loch in den Boden bohren, die Maus rausschmeißen und alles hervorholen, was sie gestohlen hat!“
„Aber du nicht, Pettersson, du bist zu nett“, sagte Findus einschmeichelnd.
Der Alte seufzte wieder und musste ein bisschen lachen.

„Ja, ich bin viel zu nett“, sagte er. „Darf ich die Schrauben mal sehen?“
Er hob den Korb hoch und wühlte darin herum. Murmelnd, mit kleinen erfreuten Ausrufen, fand er das eine oder andere, was er gut brauchen konnte, Sachen, die er schon vermisst hatte, und welche, von denen er gar nicht wusste, dass er sie besaß.

„Das ist wirklich nicht schlecht“, sagte er schließlich. „Die brauch ich alle. Ich weiß nicht, was eine Maus damit will. Ich kann die viel besser brauchen.“

„Sie sammelt so was“, sagte Findus. „Sammeln ist das Wichtigste für sie. Du darfst ihr nicht einfach alles wegnehmen. Dann wird sie sehr traurig. Und außerdem ist es keine Maus, es ist eine Muckla.“

„Jaja, ich werd wohl mit dieser Muckla reden müssen, damit wir uns einigen. Sag ihr, dass sie herkommen soll.“

Findus ging in die Abstellkammer und rief in die Ecke: „Sara Tustra! Pettersson will mit dir reden. Du sollst raufkommen.“

Ein schwaches Piepsen war zu hören.

„Sie traut sich nicht“, sagte Findus.

„Wenn sie nicht kommt, behalt ich alle Schrauben. Sag ihr, dass ich nicht gefährlich bin.“

Findus rief wieder in die Ecke.

„Er ist nicht gefährlich. Er traut sich nicht, dich anzufassen. Wenn du nicht kommst, kriegst du die Schrauben nicht wieder."
Es war still. Sie warteten.
„Jetzt weint sie", sagte Findus. „Man darf nicht unfreundlich zu ihr sein."
„Ich bin doch nicht unfreundlich", sagte Pettersson. „Sag ihr, dass ich nur sehen will, was sie alles genommen hat. Ich nehme, was ich brauche, den Rest kann sie behalten. Sag ihr das!"
„Sie kann sowieso hören, was du sagst." Findus lauschte in die Ecke. Da unten piepste es.
„Aber sie will nichts zurückgeben", fuhr er fort. „Die Sachen gehören ihr, sagt sie. Sie will ihre Schrauben wiederhaben. Sie findet dich blöd."
Pettersson starrte Findus an.
„Sie findet mich blöd?", schrie er. „Ich bin doch nett. Ich bin so nett, dass ich schon blöd bin! Da verhandle ich mit einer Maus und biete ihr an, meine Schrauben zu behalten, wenn ich nur die wichtigsten wiederkriege, und dann sagt sie, ich sei blöd! Hör mal, kleines Fräulein, wenn du nicht sofort alle Sachen raufbringst, die du mir geklaut hast, dann reiß ich den Fußboden auf und hol sie mir selber!"
„Du darfst sie nicht anschreien, Pettersson, sie ist traurig, das hast du doch gehört. Jetzt hast du alles kaputt gemacht", sagte Findus. Seine Stimme klang ganz aufgeregt.

Aber Pettersson war so wütend, dass er nicht zuhören wollte.
„Jetzt hab ich genug von Diskussionen mit Katern, Mäusen und Hühnern. Das ist ja verrückt. Ich will meine Ruhe haben und arbeiten, und ich will, dass meine Sachen auch ihre Ruhe haben. Jetzt hol ich die Axt und schlag den Boden auf!"
Mit energischen Schritten ging er zur Haustür. Findus war verzweifelt und versuchte, den erregten Alten aufzuhalten, aber er wusste nicht, wie er es anstellen sollte. Es passierte wahrhaftig nicht oft, dass Pettersson so wütend wurde.
Gleich darauf kehrte er mit der Axt zurück. Er suchte nach der Stelle, wo er seine Schrauben vermutete, und hob die Axt, um zuzuschlagen. Aber in dem Augenblick packte Findus ein Holzscheit und warf es dazwischen. Gerade rechtzeitig konnte er zurückspringen, dann traf die Axt mit einem dumpfen Laut auf das Holz.
Pettersson bekam einen Schreck, als er Findus genau an der Stelle sah, wo die Axt einschlagen sollte, und er schrie: „Was tust du, Kater? Ich hätte dich ja treffen können!"

„Ich wollte nur den Fußboden retten!“, schrie Findus zurück. „Es wird so kalt, wenn du ihn kaputt machst.“
Da endlich wurde Pettersson klar, was er tat, und er betrachtete die Axt, als ob er sich fragte, wie sie in seine Hände gekommen war. Schwer ließ er sich auf einen Stuhl fallen.
„Was mach ich da eigentlich?“, sagte er. „Wahrscheinlich bin ich müde.“
„Ja, du willst bestimmt Kaffee trinken und dich ausruhen“, sagte Findus.
„Ich leg mich hin und les ein bisschen“, sagte Pettersson seufzend. Er nahm eine Tasse Kaffee, ging ins Schlafzimmer und machte die Tür hinter sich zu.
Und ich geh jetzt runter und rede mit Sara Tustra. Das kann ich bestimmt besser als Pettersson, dachte Findus.

Kapitel 13

Am nächsten Tag war alles wieder in bester Ordnung. Es war höchste Zeit, dass die Weihnachtsmannpuppe fertig wurde. Sie war schließlich das Wichtigste.

Pettersson hatte einen Kopf geschnitzt und Arme gemacht, die sich bewegen konnten. Heute wollte er die Kleider nähen. Damit Findus nicht merkte, was er tat, holte er einen Haufen Sachen hervor, die geflickt werden mussten. Zuunterst legte er den Stoff für den Weihnachtsmannmantel. Er wollte so lange nähen, bis es Findus zu langweilig wurde und er nicht mehr fragte, was er da tat.

Pettersson setzte sich auf die Küchenbank und fing an, die Hosen zu flicken. „Was machst du da?“, fragte Findus. Er sprang auf den Tisch und wühlte im Nähkästchen.

„Ich will Kleidung flicken“, sagte Pettersson. „Da hat sich einiges angesammelt. Das dauert bestimmt den halben Tag. Mindestens. Lass die Garnrolle liegen!“
Findus legte die Garnrolle zurück. „Willst du heute nichts erfinden? Was ist das?“, fragte er und nahm eine kleine Blechdose.
„Darin sind Stecknadeln. Lass sie in Ruhe!“, sagte Pettersson und nahm ihm die Blechdose weg. „Nein, heute erfinde ich nichts. Ich hab genug vom Erfinden. Wahrscheinlich krieg ich den Holzeinwerfer doch nicht hin.“
„Das macht nichts“, sagte Findus. „Ich finde es hier warm genug.“
Er hüpfte in den Kleiderhaufen und wühlte darin herum. Er kroch in ein Hemd und kam in einem Ärmelloch wieder zum Vorschein. Er probierte Petterssons Unterhosen an. Sie waren ihm ein bisschen zu groß. Aber ein Strumpf passte gut. Auf dem Kopf.
Plötzlich stand ein kleiner Mann in der Küchentür. Er hatte einen großen Koffer bei sich.
„Guten Tag, guten Tag“, sagte er. „Entschuldigung, wenn ich störe. Die Tür war zu, aber ich hab sie aufgemacht und bin hereingekommen.“
„Das seh ich“, sagte Pettersson erstaunt. „Guten Tag, na, dann bleib, wenn du schon mal drinnen bist.“
„Genau“, sagte der Mann. „Irgendwie muss man ja reinkommen. Guten Tag, guten Tag. In meinem großen Koffer habe ich eine Menge Sachen, die ich verkaufen möchte. Viele schöne Sachen, die man zu Weihnachten braucht. Da gibt es Weihnachtsschriften, Weihnachtsbücher, Weihnachtsmannsachen, sehr schön und fröhlich. Ich will sie euch zeigen.“
Er wuchtete den Koffer auf den Küchentisch und öffnete ihn. Darin war ein Durcheinander von Büchern, Zeitschriften und anderen Sachen.
Findus hüpfte aus dem Kleiderhaufen. Er hatte sich eine dicke Wollsocke übergestülpt, und sein Gesicht guckte durch ein großes Loch in der Ferse.
Der Verkäufer zuckte vor Schreck zurück.
„Oh! Was für ’ne alberne Socke!“, meckerte er. „Herr Pettersson, Ihre Socke ist auf den Tisch gehüpft.“
„Ja, das seh ich“, sagte Pettersson ruhig.
„Ich glaub, die will meine Zeitschriften klauen.“
Findus lachte.
„Das ist nur mein Kater Findus. Er ist harmlos“, sagte Pettersson.

„Ich hab doch keine Angst", sagte der Verkäufer gleichgültig. „Ich hab bloß so getan."
Er ging wieder zum Koffer. Findus in der Socke stand dicht daneben und guckte zu. Er starrte den Verkäufer an.
„BUH!", sagte Findus. Der kleine Mann zuckte zurück, und Findus lachte wieder.
„Findus!", sagte Pettersson. „Hör auf mit dem Blödsinn! Sonst kann der Verkäufer nicht verkaufen. Geh was anderes machen."
„Ich will aber zusehen."
Der Verkäufer starrte Findus an, dann Pettersson und dann wieder Findus.
„Das klang ja fast so, als ob der Kater reden kann. Kann er das?"
„Vielleicht", sagte Pettersson. „Wir verstehen einander jedenfalls ziemlich gut."
Findus untersuchte neugierig die Zeitschriften im Koffer. Der Verkäufer drohte ihm mit dem Finger und machte den Deckel zu.
„Pfui, Herr Findus", sagte er. „Kater gehören nicht auf den Tisch."
Dann entdeckte er Petterssons Nähzeug.
„Ich sehe, dass Sie Hosen sticken? Oder nähen Sie Strümpfe? Oder stricken Sie vielleicht Hemden?"
„Ich flicke nur ein paar Sachen. Das muss ja auch mal sein", sagte Pettersson.
„Wie wahr, wie wahr", sagte der Verkäufer ernst. „Dann komme ich im

rechten Moment. Ich hab nämlich ein Buch in meinem Koffer, das genau in diesem Moment das Richtige für Sie ist." Er wühlte im Koffer.

„Sehen Sie, was für ein fabelhaftes Buch: ‚Die Hausfrau plaudert aus dem Nähkästchen'. Hier steht, wie man verschiedene Dinge bewerkstelligt. Hören Sie nur: ‚Strick dir dein eigenes Gabelfutteral' – ‚So spricht man Deutsch' – ‚Ein kleiner Choral zur rechten Zeit' – ‚Lasst uns richtiges Konfetti herstellen' – ‚So flicken wir ein Loch in der Hose' – sehen Sie, genau das, was Sie brauchen! Und noch mehr und so weiter und so weiter. Unheimlich viele gute Tipps für Werk- und Feiertage. Bitte sehr, sehen Sie selbst, Herr Pettersson!"

Pettersson blätterte und las hier und da. Er fand das Buch ganz gut. „Was kostet es?", fragte er.

„Fünf dreiundachtzig."

„Hm, mal sehen … Was hast du sonst noch?"

„Das will ich dir sofort zeigen, Herr Pettersson. Jetzt kommen die wirklichen Sahnestücke! Eine Weihnachtszeitung mit Kreuzworträtsel und Wettervorhersage, spannende Geschichten aus Ost und West. Sehen Sie nur: ‚Wir gießen

einen Eisenherd' – ,Wie ich einen Elch mit der linken Hand besiegt habe' – ,Mit dem Fußball im Kopf – ein Profi erzählt seine Erinnerungen' – und hier kann man Weihnachtsmänner ausschneiden … Ja, es gibt eine ganze Menge, und ich verspreche Ihnen, mit dieser Zeitung auf dem Weihnachtstisch kann man einen Menschen glücklich machen. Sie kostet sieben fünfzig."

Pettersson beguckte sich die Zeitung, und der Verkäufer fuhr fort: „Und dann hier die wie immer unglaublich witzigen Comics, Donald Duck … ,Das Phantom feiert Weihnachten' … und unsere lieben alten Weihnachtsbücher ,Hallo, Weihnachtsmann', ,Der Weihnachtsmann kommt wieder' und ,Der Weihnachtsmann kommt in die Schule'."

Pettersson sah sich alles an. „Na ja, ich weiß nicht. Vielleicht das Phantom. Was kostet es?"

„Vier fünfundneunzig."

„Das ist mir zu teuer. Gibt's noch mehr?"

„Und ob", sagte der Verkäufer und holte ein paar Stoffrollen hervor. „Hier gibt es Weihnachts-Wandbehänge mit Weihnachtsmännern drauf, sehr nett und passend."

„Hast du keine mit Kühen drauf?", fragte Pettersson.

„Natürlich haben wir welche mit Kühen." Und der Verkäufer entrollte einen langen Streifen, auf dem fröhliche Kühe waren, die Zipfelmützen und Bärte trugen.

„Das ist schön, das will ich haben", sagte Pettersson. Findus wühlte währenddessen in dem Koffer und holte eine Glaskugel heraus. Mitten in der Kugel standen ein kleiner Weihnachtsmann und ein Tannenbaum. Als Findus das Glas drehte, füllte es sich mit Schnee. Gebannt starrte er auf die niederschwebenden Schneeflocken.

Der Verkäufer sah, dass Findus die Schneekugel bewunderte, und er sagte leise: „Diese Kugel, Herr Findus, ist unverkäuflich. Sie ist gar zu kostbar. Die kann man nicht kaufen. Man kann sie sich nur wünschen."
Er nahm Findus die Kugel weg und legte sie wieder in den Koffer. „Jetzt ist der Moment, wo neugierige Kinder, Kater und Hühner rausgehen müssen", sagte er ernst. „Denn jetzt kommen die großen Geheimnisse."
Er holte einen Stab mit einem Weihnachtsmann dran aus der Tasche. „Mit dem kann Herr Findus so lange in einem anderen Zimmer spielen."
Er schob den Weihnachtsmann an die Spitze des Stabs und ließ ihn los, und dann pickte sich der Weihnachtsmann langsam am Stab herunter. Pettersson guckte genau zu, um herauszufinden, wie es funktionierte. So einen könnte ich Findus vielleicht selbst machen und zu Weihnachten schenken, dachte er.
Findus streckte die Pfote aus. „Darf ich ein bisschen damit spielen?"
„Ja, wenn du nicht lauschst", sagte der Verkäufer.
Findus nahm den Weihnachtsmannstab und verließ die Küche. Pettersson machte die Tür hinter ihm zu.
„So ist es gut", flüsterte der Verkäufer. „Jetzt, Herr Pettersson, will ich Ihnen eine Überraschung für den kleinen Herrn Kater zeigen. Etwas sehr Nettes und Witziges, das Herr Pettersson bestimmt gern haben möchte. Nämlich … einen Weihnachtsmann!"
Er holte einen kleinen Weihnachtsmann aus Blech hervor. In seinem Rücken steckte ein Schlüssel. Pettersson sah ihn kritisch an.
„Besonders witzig sieht der nicht aus", sagte er.
„Besonders witzig sieht er nicht aus, das ist ein wahres Wort", sagte der Verkäufer. „Aber er ist sehr witzig, und froh wird man, wenn man ihn hört. Der kann nämlich sprechen."
Pettersson erstarrte. „Der Weihnachtsmann kann sprechen?"

„Klar kann der sprechen! Ich werde es vorführen“, sagte der Verkäufer begeistert und drehte am Schlüssel. „Man muss ihn aufziehen. Dann drückt man auf die Mütze, und dann …“
„Fröhliche Weihnachten“, sagte der Blech-Weihnachtsmann mit einer kratzigen, künstlichen Stimme.
„Hast du gehört, Herr Pettersson!? Wenn man die Mütze loslässt, ist er still. Und wenn man wieder draufdrückt, redet er. Ist das nicht ein schöner Weihnachtsmann?“
Pettersson strahlte über das ganze Gesicht. „Genau so einen brauche ich tatsächlich!“
„Ich hab mir schon gedacht, dass sich Herr Pettersson freuen würde“, sagte der Verkäufer zufrieden. „Es ist leicht, sich zu freuen, wenn man den hört, und dann kauft man ihn sofort. Vier sechzig kostet er.“
„Das ist aber teuer“, fand Pettersson.
„Wenn es einem zu teuer ist, kann man zwei kaufen. Die kosten nur drei Kronen. Wir haben nämlich noch einen Weihnachtsmann. Hören Sie nur!“
Er holte noch einen Weihnachtsmann heraus und zog ihn auf.
„Gibt es hier brave Kinder im Haus?“, schnarrte der Weihnachtsmann.
Pettersson war außer sich. „Das ist ja unglaublich. Genau das, was ich

brauche! Die kauf ich. Hast du keinen, der sagt ‚Gibt es hier brave Kater im Haus?'?"
„Nein, leider, die sind ausverkauft. Nach Weihnachten bekommen wir neue herein."
„Dann ist es zu spät", sagte Pettersson. „Aber mit denen hier muss es auch gehen. Kaum zu fassen, dass ich so ein Glück habe. Und ich wollte die Sache mit dem Sprechen schon aufgeben. Ja … ach, das ist schwer zu erklären, vergiss es. Bekomme ich beide für drei Kronen?"
„Sagen wir zwei Kronen, falls es schwerfällt", sagte der Verkäufer. „Dann bekommst du noch eine Anleitung ‚Näh dir dein eigenes Weihnachtsmann-kostüm' dazu."
„Ja, ja, einverstanden!", sagte Pettersson eifrig. „Und das Phantom und das Buch ‚Die Hausfrau plaudert aus dem Nähkästchen' nehm ich auch."
„Sehr gut, ausgezeichnet. Und die Schneekugel? Als Weihnachtsgeschenk für den Kater?"
„Verkaufst du sie denn?"
„Na klar, ich verkaufe alles. Ich bin Verkäufer. Ich hab das bloß gesagt, damit es eine Überraschung wird. Damit der Kater sich mehr freut."
„Ja, dann nehm ich die Kugel auch", sagte Pettersson.
„Besten Dank. Das macht dann … um … tidum … tideldum … tida … ungefähr sieben fünfundachtzig."
Pettersson holte seinen Geldbeutel hervor. „Das ist nicht teuer für so viel", sagte er.
„Dann sagen wir zwölf neunzig."
„Ach so, na ja", sagte Pettersson enttäuscht. „Das ist teuer."
„Also, dann sagen wir sechs Kronen", sagte der Verkäufer.
„Nein, jetzt sagen wir acht fünfzig. Genau so viel habe ich", sagte Pettersson und legte das Geld auf den Tisch.
Der Verkäufer steckte es in den Koffer und sammelte seine Bücher ein. „Und jetzt verstecken Sie die Geheimnisse, dann holen wir den Kater Findus mit meinem Weihnachtsmannstab herein, ich muss jetzt nämlich nach Hause."
Pettersson versteckte alles bis auf den Weihnachts-Wandbehang ganz oben im Schrank und ließ Findus herein.
Der kleine Verkäufer packte seine Sachen zusammen und zog seinen Hut.

„Jetzt, meine Herren Findus und Pettersson, bedanke ich mich und wünsche frohe Weihnachten und einen fröhlichen Weihnachtsmann." Er verneigte sich tief bis zum Fußboden, setzte sich den Hut auf und ging.
„Hast du ein paar Geheimnisse gekauft?", fragte Findus.
„Naaa ja … von Geheimnissen weiß man ja nichts", sagte Pettersson schlau. „Aber dieses Buch will ich sofort lesen."
Er setzte sich auf die Küchenbank und blätterte. Findus guckte verträumt aus dem Fenster.
„So eine Schneekugel möchte ich haben", sagte er. „Die wünsch ich mir. Vielleicht krieg ich sie ja."
Pettersson sah aus dem Fenster. Aber vom Verkäufer war nichts mehr zu sehen.
„Wo ist er geblieben?", sagte Pettersson. „Er kann doch nicht schon an der Landstraße sein. Hast du ihn gesehen?"
„Nein", sagte Findus. „Vielleicht ist er in die verkehrte Richtung gegangen."
„In den Garten?", sagte Pettersson und stand auf. Er ging hinaus, aber dort war kein Verkäufer. Pettersson ging um das Haus herum und guckte auch ins Plumpsklo. Doch nirgends war ein Verkäufer zu sehen.
„Merkwürdig", brummte Pettersson. „Man braucht doch mindestens eine halbe Minute bis zur Landstraße, wenn man so einen schweren Koffer schleppt."
Dann ging er wieder hinein und dachte nicht mehr daran.
Am Abend, als Findus schlief, wurde Pettersson mit dem Mantel für den Weihnachtsmann fertig. Er versteckte ihn auf der Hutablage im Vorraum.
Dann holte er die Schneekugel und die Weihnachtsmänner hervor und probierte sie aus. Sie funktionierten ganz richtig. Lange Zeit saß er nachdenklich da und drehte und wendete die Schneekugel. Dann fiel ihm plötzlich ein, was der Verkäufer gesagt hatte, als er Findus in ein anderes Zimmer schicken wollte und er den Stab mit dem Weihnachtsmann hervorgeholt hatte.
„Darf ich ein bisschen mit dem spielen?", hatte Findus gefragt.
„Ja, wenn du nicht lauschst", hatte der Verkäufer geantwortet. Er hatte Findus verstanden! Noch nie hatte jemand außer Pettersson verstanden, was Findus sagte! Manche Leute begriffen vielleicht, was er meinte, weil es ihm anzusehen war, aber mehr nicht. An dem Verkäufer war etwas Merkwürdiges, er war nicht wie gewöhnliche Leute.
Jaja, es gibt so viel, was man nicht versteht und nie erfährt, dachte Pettersson.

Jedenfalls krieg ich meine Weihnachtsmannmaschine, die sprechen kann, und die hätte ich bestimmt nie bekommen, wenn heute nicht dieser kleine Mann gekommen wäre.

Kapitel 14

Jetzt war Pettersson fast fertig mit der Weihnachtsmannmaschine. Er hatte die beiden Weihnachtsmänner aus Blech befestigt und es nach einigem Herumprobieren geschafft, dass sie im richtigen Augenblick sprachen. Außerdem funktionierte die Maschine, ohne dass er selbst an dem Rad drehen musste. Es genügte, wenn er an einer Schnur zog.

Einen ganzen Tag hatte er für die Weihnachtsmannpuppe selbst gebraucht. Jetzt hatte er sie mit der Maschine verbunden und probierte aus, wie alles zusammen funktionierte.

Und natürlich klappte es. Eigentlich war es ziemlich fantastisch, dass er es so weit geschafft hatte. Trotzdem war er nicht zufrieden. Die Puppe bewegte sich zu wenig und wirkte steif. Sie hielt den Sack in den Händen, als sie aus der Kiste herauskam. Sie bewegte den Mund nicht, als sie „Fröhliche Weihnachten, gibt es hier brave Kinder im Haus?“ sagte. Dann öffnete sie die Arme und ließ den Sack fallen und fuhr zurück in die Kiste.

Pettersson probierte es noch einmal, aber es wurde nicht besser. Außerdem hatte er keinen guten Bart für den Weihnachtsmann gefunden.
Es muss schon ziemlich dunkel sein, wenn Findus glauben soll, dass es der Weihnachtsmann ist, dachte er. Höchstens eine Kerze und der Tannenbaum. Und die Tür nur angelehnt. Vielleicht geht es dann. Und außerdem brauch ich einen Bart. Ich muss morgen zu Gustavsson gehen und ihn um ein bisschen Flachs bitten.
Er seufzte, müde und enttäuscht. Dann versteckte er den Weihnachtsmann und ging schlafen.

Als der Alte eingeschlafen war, wachte Findus auf. Er hörte, wie es in der Küche knabberte und raschelte. Er schlich sich an und sah ein paar Mäuse auf dem Tisch einen Keks essen und Kaffee trinken. Er sprang in die Luft und schrie: „DER KATER KOMMT!!"
Die Mäuse fuhren hoch vor Schreck, dann erkannten sie, dass es Findus war, und wollten spielen. Lachend und schreiend rannten sie davon und Findus hinterher. Auf dem Küchenfußboden waren überall wilde Bremsspuren. Die

Mäuse liefen unter der Tür zur Bodentreppe hindurch, und Findus folgte ihnen, fand sie aber nicht mehr. Er schlich die Treppe hinauf und spähte über die oberste Stufe.
Durch das Fenster schien der Vollmond. Es war ganz still, nur hin und wieder ertönte leises Kichern aus einer Ecke. Aber Findus hatte das Gefühl, dass da noch jemand anders war, obwohl er niemanden sah. Er machte sich ganz klein, lauschte und spähte in die Dunkelheit. Dann hörte er ein Knacken und drehte sich rasch um. Dort war jemand! Jemand, der größer war als all das Viehzeug, vielleicht sogar größer als er selbst!
Findus bekam Angst und lief nach unten. Er rief nach Pettersson.
„Pettersson! Aufwachen! Auf dem Dachboden ist was! Und das bewegt sich!"
„Mhmmm ... was ist denn jetzt los", brummte Pettersson. „Ich war gerade eingeschlafen. Warum soll ich mir was angucken, das sich bewegt?"
„Ich weiß nicht, was es ist! Beeil dich!", schrie Findus.
Als es in Petterssons schläfrigem Schädel angekommen war, dass es auf dem Dachboden etwas gab, das Findus Angst machte, stand er auf.
„Wenn wir schleichen, kriegen wir ihn vielleicht zu sehen", flüsterte Findus.
Er schlich lautlos die Treppe hinauf. Pettersson tappte so leise wie möglich hinterher.
„Leiser!", zischte Findus. „Du musst schleichen – wie ich."
„Du hast leicht reden", murmelte Pettersson.
Sie spähten über die letzte Treppenstufe und waren eine ganze Weile still. Aber der Dachboden lag da wie immer.
Pettersson knipste die einzige Glühbirne an und holte die Taschenlampe, die neben der Tür hing. Findus zeigte, wo er das Was-es-nun-gewesen-sein-mochte gesehen hatte, aber da war nichts.
Aber auf dem Fußboden lag etwas Glänzendes. Es war eine ganz normale Schnur. Sie kam ihnen bekannt vor. Sie sah aus wie gezwirbeltes Ziegenhaar, um das dünne Goldfäden gewunden waren. Sie ringelte sich über den Boden zwischen die Kisten und verschwand in einer Ritze zwischen den Dielenbrettern und den Dachbalken. Das Brett war lose.
Pettersson hob es an. In den Sägespänen lag etwas, das sah aus wie eine Strähne Flachs. Er sah sofort, dass er so was für den Weihnachtsmannbart brauchen konnte.

„Was sind das denn für Fusseln?“, fragte Findus.
„Ich weiß nicht. Sieht aus wie Flachs. Das nehm ich mit.“
„Hast du nicht schon genug Abfall?“
„Man weiß nie, wozu man die Sachen noch mal brauchen kann“, sagte Pettersson und legte das Brett zurück.
„Hier oben bewegt sich niemand außer uns. Das Etwas ist wohl schlafen gegangen. Und das tun wir auch.“
Es ist gar nicht so leicht, einzuschlafen, wenn man gerade etwas Aufregendes erlebt hat. Findus legte sich dicht an Petterssons Füße und spannte die Ohren an. Aber auch Ohren müssen manchmal schlafen, und dann dauerte es nicht mehr lange, da schlief der ganze Kater.

Am nächsten Abend saß Pettersson wieder im Tischlerschuppen. Er hatte der Weihnachtsmannpuppe ein Gesicht gemalt. Jetzt probierte er aus, wie ihr der Bart stand. Er kämmte ihn mit den Fingern und hielt ihn zur Probe gegen das Holzgesicht. Es sah gut aus. Er klebte den Bart fest.
Da erhob sich ein mächtiges Gegacker im Hühnerstall. Pettersson guckte zur geschlossenen Luke hinauf. Dann wurde es plötzlich wieder still.
Als er die Puppe wieder anguckte, fand er sie noch besser. Es war, als ob sie Leben bekommen hätte mit dem Bart. Eigentlich sah sie genau wie vorher aus und trotzdem anders.
Was so ein bisschen Bart ausmacht, dachte Pettersson. Er stellte die Puppe an ihren Platz und setzte die Maschine in Gang.
„Ja, das ist wirklich ein Unterschied“, murmelte er verblüfft.

Dabei war es schwer zu sagen, wo eigentlich der Unterschied war, abgesehen vom Bart. Aber die Bewegungen schienen weicher zu sein, und es sah fast so aus, als ob der Bart sich bewegte, wenn der Weihnachtsmann sprach.
Besser konnte es nicht mehr werden. Jetzt war Pettersson zufrieden. Nun musste er die Maschine nur noch an ihren Platz im Vorraum schaffen, ohne dass Findus etwas merkte. Zwei Nächte blieben ihm noch, das zu erledigen, dann war Heiligabend. Vielleicht würde er es auch noch schaffen, so einen Weihnachtsmannstab zu machen, wie ihn der Verkäufer gehabt hatte. Pettersson war plötzlich so guter Laune, dass er sofort damit anfing.

Kapitel 15

Pettersson stand in der Küche und studierte das Thermometer. Er hatte beschlossen, dass sie heute einen Tannenbaum schlagen wollten. Es war nicht sehr kalt, und manchmal schien sogar ein bisschen die Sonne. Es konnte ein sehr schöner Spaziergang werden.

Er holte die Säge, die Axt und den Schlitten mit den breiten Kufen, und dann zogen sie in den Wald. Findus stand ganz hinten auf dem Schlitten und guckte, wie der Weg unter ihm davonglitt.

Der Weg mündete in einen kleinen Waldpfad.

„Weißt du, wohin wir wollen?“, fragte Findus.

„Ja, ein Stück in den Wald hinein. Ich hab den Tannenbaum schon vor einiger Zeit ausgesucht“, sagte Pettersson.

„Wie weißt du, dass es hier war? Es sieht doch überall gleich aus.“

„Nein, nicht wirklich gleich", sagte Pettersson. „Es gibt immer besondere Steine und Hügel und so was. Dahinten zum Beispiel ist eine kleine Lichtung. Ich kenn diesen Wald."
„Kennst du jeden Baum im Wald auswendig?", fragte Findus.
„Neee, das natürlich nicht. Hier im Norden gibt's viel Wald. Hier kann man sich verlaufen, dass man nie wieder nach Hause findet. Aber wir verlaufen uns nicht. Jetzt kommt bald meine Tanne."
„Wirklich? Sind wir das nicht, die kommen?"
„Ja, ja. Hier ist sie. Ist sie nicht schön? Dicht und ganz gerade."
„Ja, aber groß."
„Nee, es ist nur so, dass du klein bist", sagte Pettersson. „Die ist genau richtig."
Die Tanne auf dem Schlitten, zogen sie wieder nach Hause. Findus ging voran und fuchtelte mit einem Stock, falls Elche kämen. Da hörten sie jemanden um Hilfe rufen.
Pettersson ließ den Schlitten stehen und lief los, und Findus lief voran. Es war schwer auszumachen, woher das Rufen kam. Manchmal mussten sie stehen bleiben und lauschen und dann in eine andere Richtung gehen.
In dem Augenblick, als Pettersson sich fragte, ob sie eigentlich wussten, wo sie waren, entdeckte er mitten im Wald eine kleine Arbeiterbude auf Rädern. Davor stand ein kräftiger Mann und rief um Hilfe. Als er Pettersson bemerkte, verstummte er. Dann sagte er sehr leise: „Hilfe."
„Du brauchst Hilfe?", fragte Pettersson.
„Ja, kannst du mir bei diesem Kreuzworträtsel helfen?", sagte der Mann und zeigte auf eine Zeitung.
„Hast du nur deswegen um Hilfe gerufen?", fragte Pettersson. „Ich dachte, es wär was passiert."
„Nee, es ist nichts passiert", sagte der Mann. „Es passiert nie was. Hier ist es sterbenslangweilig. Darum rufe ich manchmal. Irgendjemand wird schon kommen, denk ich. Aber meistens kommt niemand. Darf ich dich zu einem Glas Punsch einladen?"
„Ja, danke, das kommt jetzt gerade recht", sagte Pettersson. Drinnen in der kleinen Bude war nicht mehr viel Platz, nachdem sich die beiden Alten am Tisch niedergelassen hatten. Der Mann, der sich Angler nannte, goss eine

halbe Flasche Punsch in einen Topf und stellte ihn auf den Ofen. Findus setzte sich auf Petterssons Schoß und sah den Mann lauernd an.
„Aha, du hast also deine Katze mitgebracht. Ja, eine Katze müsste man haben. Dann hätte man jemanden, mit dem man sich unterhalten könnte. Es ist wirklich langweilig, dauernd Kreuzworträtsel zu lösen."
„Warum bist du hier draußen?", fragte Pettersson.
„Ich soll den Wald bewachen. Aber ich weiß nicht, wie man das macht", sagte der Mann. „Früher war ich Angler, das war was anderes! Man brauchte nur die Angel auszuwerfen und zu warten, dass ein Fisch anbiss. Aber bei mir biss fast nie einer an, deshalb musste ich aufhören. Und da hab ich diesen Job bekommen. Mir hat nur niemand erklärt, was ich zu tun habe. Man hat mir nur erklärt, dass Tannen kurze Nadeln und Kiefern lange haben, und dann haben sie mich hierhergeschickt und hier sitze ich und wache. Jetzt dreh ich jeden Tag meine Runde und guck nach, ob der Wald noch da ist. Und das ist er ja. Da muss man sich ja ziemlich blöd vorkommen."
„Das versteh ich", sagte Pettersson.
„Kürzlich hab ich ein bisschen unter den Tannen aufgeräumt, hab die Nadeln auf einem Haufen zusammengefegt und die Zapfen auf einem anderen. Und

gestern hab ich nach den Pilzen gesehen, ob es ihnen noch gut geht. Es gibt ja nur noch vier. Bald gibt es also noch weniger zu tun. Oh, oh, oh, jetzt kocht der Punsch …"

Der Angler goss Punsch ein und holte eine Tüte mit Rosinen und Mandeln hervor. Pfefferkuchen standen schon auf dem Tisch.

„Möchte die Katze vielleicht auch ein bisschen Punsch haben?", fragte er.

„Bläää", sagte Findus.

„Nein, ich glaub nicht", sagte Pettersson. „Ein paar Rosinen und Pfefferkuchen reichen."

Er entdeckte einen jämmerlichen kleinen Tannenbaum, der in einer Ecke in einer Schüssel mit Wasser stand.

„Du hast aber einen kleinen Weihnachtsbaum", sagte er.

„Das ist doch kein Weihnachtsbaum", sagte der Waldwächter, „das ist nur eine Tanne, auf die ich aufpasse. Sie war so klein, dass ich sie lieber reingeholt habe."

„Aber dann wächst sie doch nicht mehr“, sagte Pettersson.
„Ach, wirklich nicht?“, sagte der Waldwächter zögernd. „Ich hab gedacht, vielleicht kommt ein Bär und tritt darauf. Es ist wirklich nicht leicht, einen Wald zu bewachen, wenn man vorher immer nur am See geangelt hat. Was würdest du tun, wenn du Waldwächter wärst?“
„Tja … das weiß ich auch nicht“, sagte Pettersson. „Ich hätte wahrscheinlich auch Kreuzworträtsel gelöst. Vielleicht hätte ich Elche gezählt.“
„Das ist eine gute Idee!“, sagte der Fischer eifrig. „Auf die Idee bin ich noch nicht gekommen. Elche sind gut. Ich könnte ja auch Hasen, Bären, Vögel und so was zählen. Dann hab ich eine Menge zu tun.“
„Und dann musst du wahrscheinlich aufpassen, dass die Leute keine Tannenbäume klauen“, sagte Pettersson.
Der Angler sah ihn entsetzt an. „Da haben wir's! Das ist natürlich meine Aufgabe. Das hätte ich kürzlich wissen müssen. Da ist ein Kerl mit einem Laster gekommen und hat Tannenbäume abgehauen und seinen Laster vollgeladen. Vor meinen Augen, ohne sich zu schämen! Das muss ein ausgekochter Verbrecher gewesen sein.“
„Wenn er den Laster beladen hat, dann war er wohl der Waldbesitzer, sonst wäre er doch erschrocken gewesen, als du kamst.“
Der Waldwächter schüttelte ungläubig den Kopf. „Und wie soll ich das wissen? Wie soll ich wissen, welche Bäume ich bewachen soll und welche nicht? Nee, das ist mir zu schwer. Es macht überhaupt keinen Spaß, Waldwächter zu sein.“
Er stützte den Kopf in die Hand und starrte mürrisch aus dem Fenster. Eine Weile war er ganz in Gedanken versunken. Dann lächelte er glücklich und sagte:
„Weißt du, was ich wirklich möchte? Ich möchte auf einem Berg in den Alpen wohnen mit Aussicht auf schneebedeckte Gipfel, grüne Täler und Seen, ich hätte ein kleines Haus und eine dicke fröhliche Frau, fünf Kinder, einige Kühe und Ziegen. Und wenn mal jemand traurig wäre, würde ich auf der Geige spielen, und alle wären wieder froh.“
„Das klingt gut“, sagte Pettersson. „Kannst du denn Geige spielen?“
„Ja, ein bisschen“, sagte der Angler. „Ich spiel mir manchmal etwas vor, wenn es zu langweilig wird. Willst du mal hören?“

Das wollte Pettersson. Aber Findus sprang unter den Tisch und hielt sich die Ohren zu.
Der Fischer holte seine Geige hervor, die wie ein kleines Kind in eine Decke gewickelt im Regal lag.
„Ich kann noch nicht das ganze Stück“, sagte er, „aber … ja … so ähnlich …“
Und der Angler begann zu spielen, wie noch nie jemand gespielt hatte. Es war, als ob sich die Wände der kleinen Behausung öffneten, und der Alte und der Kater stiegen über die dunklen Tannenwipfel, hinauf zum Licht über hohe schneebedeckte Berge und grüne Täler, weit weg …

Pettersson war wie verzaubert. So etwas Schönes hatte er noch nie gehört. Plötzlich brach die Musik ab, und der Angler sagte etwas verlegen, dass er den Rest vergessen hatte. Abwartend sah er Pettersson an. Aber Pettersson war noch ganz benommen, und erst als Findus in die Pfoten klatschte, wurde er wieder wach.

„Du bist ja ein Meister im Geigespielen. Das war das Schönste, das ich jemals gehört habe."
Der Waldwächter lächelte verlegen. „Tja … es macht schon Spaß." Und er wickelte die Geige wieder in die Decke.
Es wurde ganz still. Nach dieser Musik gab es nichts mehr zu sagen. Pettersson fand es an der Zeit zu gehen.
„Wir müssen nach Hause, essen", sagte er. „Vielen Dank für den Punsch und die Musik."
„Ach, musst du schon gehen", sagte der Waldwächter. „Dann dreh ich auch eine kleine Runde und bewache den Wald. Damit er mir nicht wegläuft. Du kannst mich ja mal wieder besuchen kommen, oder?"
„Doch, das mach ich", sagte Pettersson. „Wenn ich wieder herfinde."
Pettersson setzte Findus in den Rucksack und ging denselben Weg zurück, den sie gekommen waren. Aber er fand den Pfad nicht. Er blieb stehen und überlegte, wie er vorhin gegangen war. Weil er das Gefühl hatte, sie müssten nach links, ging er nach links. Aber bald blieb er stehen, denn hier lagen große Felsbrocken, die er vorher nicht gesehen hatte. Er folgte seiner eigenen Spur zurück, aber er verlor sie wieder.
Findus wurde unruhig. „Hast du dich jetzt verlaufen?"
„Nein, nein", sagte Pettersson. „Still, ich muss denken."
„Ich will nach Hause. Geh jetzt!", sagte Findus.
Pettersson ging auf gut Glück weiter, blieb aber bald wieder stehen, weil ihm alles unbekannt vorkam. Langsam ergriff ihn Panik. Er versuchte, den Kater zu beruhigen, doch Findus bekam noch mehr Angst und fing fast an zu weinen.
„Du hast dich verlaufen! Wir finden nie wieder nach Hause!", jammerte er.
Unglücklich stand Pettersson zwischen den Tannen und sah sich um. Plötzlich hörte Findus ein leises Geräusch.
Pettersson lauschte. Er hörte auch etwas.
„Hier gibt's Briefe! Fröhliche und traurige Briefe, Liebesbriefe, Ansichtskarten, Rechnungen, Weihnachtskarten! Hier gibt's Briefe!"
Der kleine Briefträger, den Findus vor einiger Zeit getroffen hatte, kam auf Skiern durch den Wald. Sie sahen ihn schon von Weitem, aber er schien sie nicht zu sehen.
„Das ist der Briefträger!", schrie Findus. „Der sich weggezaubert hat. Der ein

Paket für dich hatte. Er kann uns helfen! Lauf ihm nach! BRIEFTRÄGER!"
Der Briefträger lief weiter, ohne sie zu bemerken. Pettersson lief hinterher, aber er holte ihn nicht ein, und bald war der Briefträger hinter den Tannen verschwunden.
Aber jetzt meinte Pettersson, sich wieder auszukennen. Ein Stück entfernt hörte er den Briefträger rufen:
„Hier gibt's 'ne Tanne! Petterssons Tanne! Holt euch die Tanne! Tannenpaket, Tannenpost, Tannenschlitten!"
Bald kamen sie zu dem Pfad, und dort stand der Schlitten mit dem Tannenbaum! Jetzt wusste Pettersson, wo er war. Aber der Briefträger war verschwunden.
„Hier ist unsere Tanne!", jubelte Pettersson. „Unser kleiner Tannenbaum! DANKE, dass wir wieder nach Hause finden!"

„BRIEFTRÄGER!", rief Findus.
„Was für ein komischer Typ", sagte Pettersson. „Möchte wissen, wer das ist. Aber er hat uns jedenfalls geholfen."

„Ich will jetzt sofort nach Hause“, sagte Findus. „Geh nicht wieder in den Wald!“ Er blieb den ganzen Weg im Rucksack sitzen und hielt Ausschau nach dem Briefträger, aber sie sahen und hörten ihn nicht mehr.
Abends stand Pettersson wieder im Tischlerschuppen und machte den Stab mit dem Weihnachtsmann für Findus fertig.
Während er arbeitete, dachte er an den Waldwächter, der allein im dunklen Wald saß und nicht wusste, was er tun sollte, obwohl er eigentlich auf einem Alpengipfel mit einer großen Familie sitzen und auf der Geige spielen wollte. Manche Leute geraten wahrhaftig an den falschen Platz.
Und dann dachte er daran, wie unheimlich es gewesen war, als er sich verlaufen hatte. Wenn er nun immer noch in die falsche Richtung ginge, dann würden sie erfrieren! Und dann war dieser merkwürdige Briefträger aufgetaucht und hatte ihnen mitten im Wald den Weg gezeigt.
Ein Mirakel nennt man das, wenn etwas geschieht, was niemand versteht. Sie hatten einen Schutzengel gehabt. Einen Engel, der ein Briefträger war. Möchte wirklich wissen, was das für ein Verrückter war.

Kapitel 16

Es war nur noch ein Tag bis Heiligabend. Die Weihnachtsmannmaschine war fertig. Jetzt brauchte Pettersson die Maschine nur noch im richtigen Moment in Gang zu setzen, ohne dass Findus etwas merkte.
Er hatte sich schon überlegt, wie das vor sich gehen sollte. Sie würden am Fenster stehen und nach dem Weihnachtsmann Ausschau halten. Dann würde er an einer Schnur ziehen, die eine Klappe beiseiteschob, sodass das Gewicht heruntcrglitt, sodass … Es war eine ziemlich komplizierte Angelegenheit.
Er brauchte zwei kleine Räder, damit die Leinen ordentlich liefen, sonst würde vielleicht gar nichts funktionieren.
Länger als eine halbe Stunde hatte er im Tischlerschuppen nach den beiden kleinen Rädern gesucht. Er wusste, dass er sie hatte, aber er konnte sie nicht finden. Ziemlich verärgert darüber, dass alles so lange dauerte, ging er ins Haus. Dort suchte er in den Küchenschubkästen, in den Schränken, in der Vorratskammer und unter der Bank.

Schließlich fand er sie in einem Strumpf in der Schlafzimmerkommode. Dort lag auch der halb fertige Ski, den Findus letztes Jahr hätte bekommen sollen. Pettersson beschloss, ihn sofort fertig zu machen.
Da hörte er den Kater im Vorraum poltern. Er war draußen auf seinem einen Ski gelaufen. Jetzt kam er, voller Schnee und zerrauft, den Ski immer noch an den Füßen.
Pettersson versteckte den halb fertigen Ski auf der Hutablage und ging Findus helfen. Die kleinen Räder vergaß er natürlich auf der Kommode.
„Ich will noch einen Ski haben, Pettersson. Ich fall dauernd runter", sagte Findus.
„Klar kriegst du den", sagte Pettersson. „Ich versprech dir, dass ich den zweiten so bald wie möglich fertig mache."
Er stellte einen Stuhl vor den Ofen und den Kater darauf, damit er sich die Pfoten aufwärmen konnte.
„Ich bin jetzt eine Weile im Tischlerschuppen und hab mit Geheimnissen zu tun", sagte Pettersson.
„Das konnte ich mir schon denken", sagte Findus. „Dann bleib ich hier drinnen und wickle Weihnachtsgeschenke für dich ein. Du darfst erst wieder reinkommen, wenn ich fertig bin."
Pettersson ging in den Tischlerschuppen und arbeitete an dem Ski. Er hobelte, schliff und befestigte Riemen.
Währenddessen suchte Findus nach etwas, das er einwickeln könnte. Bald fand er die kleinen Räder auf der Kommode.
Das ist prima, dachte er vergnügt. Genau so was wünscht Pettersson sich zu Weihnachten.
Er packte ein Paket mit viel Papier und vielen Schnüren. Es wurde ein ziemlich großes Paket. Weihnachtsgeschenke müssen möglichst groß sein, dachte Findus. Das Paket versteckte er unter der Dachbodentreppe. Dann ging er hinaus zu Pettersson und erzählte ihm, dass er ein Geheimnis habe, das er nicht verraten werde.
Pettersson bedeckte den Ski mit Hobeln und Holzspänen, als Findus klopfte.
„Bist du nicht bald fertig mit deinem Geheimnis?", fragte Findus. „Was ist es?"
„Das sag ich nicht", sagte Pettersson.
„Ist es lang und platt, ungefähr wie ein Ski?"

„Das glaub ich kaum. Kannst du nicht wieder ins Haus gehen, damit ich fertig werde?"
„Ich hab Hunger", sagte Findus.
„Ich auch", sagte Pettersson. „Dann essen wir erst Grütze."
Findus sprang auf seinen Rücken, um ins Haus zu reiten.
„Grütze!? Was für eine Überraschung!"

Nach dem Essen fiel es Pettersson wieder ein, dass er die kleinen Räder mit in den Schuppen nehmen wollte. Aber die lagen nicht mehr auf der Kommode.
„Ich werd verrückt! Ich hab heute bestimmt schon eine Stunde nach diesen Rädern gesucht, und jetzt sind sie wieder verschwunden. Dass ich nie auf meine Sachen aufpassen kann. Findus! Hast du zwei kleine Räder gesehen?"
„Nee …"
„Ich hab sie auf die Kommode im Schlafzimmer gelegt, und jetzt sind sie weg. Da muss man ja verrückt werden."
Findus hatte ein schlechtes Gewissen. Er wusste, dass er die Räder sofort zurückgeben musste, sonst würde Pettersson bis Heiligabend danach suchen und fluchen, und davon wurde man ja nicht gerade fröhlich.
Wenn er bloß nicht wütend wird, dachte Findus. Er ist ja meistens so lieb, aber manchmal kann er sehr böse werden, vor allen Dingen, wenn er stundenlang nach etwas gesucht hat.
Findus holte das Paket. „Ein Weihnachtsgeschenk im Voraus!", sagte er und hielt es Pettersson hin.

Pettersson war überrascht, dass er mitten am Tag ein Paket kriegte, sah aber immer noch ein bisschen grimmig aus, als er es öffnete. Doch als er sah, was darin war, leuchtete sein Gesicht auf, und er war wieder froh.
„Da sind sie ja! Hast du sie auf der Kommode gefunden? Und dann hast du es geschafft, sie so schnell zu verpacken. Du bist mir ein toller Kater."
Findus hätte nicht geglaubt, dass Pettersson sich so freuen würde. Es macht Spaß, wenn sich jemand über das freut, was man getan hat. Da möchte man es gern noch einmal machen.
„Brauchst du noch was anderes?", fragte Findus.
„Nein, im Augenblick nicht. Doch, eine Tasse Kaffee. Aber die darfst du nicht in ein Paket einwickeln."
Pettersson setzte sich auf die Küchenbank. Er stellte fest, dass man nicht besonders bequem sitzt, wenn man einen Zollstock in der Gesäßtasche hat. Also zog er ihn hervor und legte ihn auf den Tisch.
Als er sich nach einem Stück Zucker reckte, nahm Findus die Gelegenheit wahr, den Zollstock zu klauen und unter dem Kissen auf der Bank zu verstecken.
Dann ging Pettersson wieder in den Tischlerschuppen. Den Zollstock hatte er natürlich vergessen. Findus verpackte ihn eilig in dasselbe Papier mit denselben Schnüren wie vorher.

Nach einer kleinen Weile kam Pettersson wieder herein und suchte und war mächtig schlechter Laune.
„Jetzt ist der Zollstock verschwunden. Ich glaub, heute drehe ich noch durch. Hast du ihn gesehen?“
Findus reichte ihm vergnügt das neue Weihnachtsgeschenk.
„Weihnachtsgeschenk im Voraus!“
Pettersson sah Findus misstrauisch an und öffnete das Paket. Er hatte schon geraten, was darin war. Diesmal freute er sich nicht so sehr. Er sah sogar etwas verärgert aus, obwohl er versuchte, nicht unfreundlich zu sein.
„Vielen Dank“, sagte er nur. „Wo hast du ihn gefunden?“
Findus begriff, dass er einen Fehler gemacht hatte und der Alte im Augenblick nicht zum Spielen aufgelegt war.
„Auf dem Tisch“, sagte er vorsichtig.
„Wenn er da liegen geblieben wäre, hätte ich nicht danach suchen müssen. Es macht keinen Spaß, Weihnachtsgeschenke zu kriegen, wenn man sich erst ärgern muss. Jetzt machst du das nicht noch mal. Ich hasse die Sucherei. Halbe Tage vergehen mit Suchen. Lass dir lieber ein Weihnachtsgeschenk einfallen, das ich nicht suchen muss.“
Findus war traurig, dass es diesmal anders ausgegangen war. Dieser konfuse Alte könnte ja selbst ein bisschen auf seine Zollstöcke aufpassen, dachte er beleidigt. Der braucht Taschen über den ganzen Bauch, wo er Sachen reinstecken kann.
Genau! Das sollte er auch kriegen! Findus hatte eine Idee.
Im Schlafzimmerschrank stand ein Pappkarton mit dicken Wollsocken, Mützen und so etwas. Findus holte ein Paar Socken und eine Strickmütze hervor. An einem Nagel hing einer von den beiden Schlipsen, die Pettersson besaß. Mit einiger Mühe fummelte der Kater das eine Ende des Schlipses durch die Maschen der Socken und der Mütze. Schließlich sah das Geschenk aus wie eine Wäscheleine mit drei Beuteln.
Aus einer Mütze im Karton guckte eine kleine Maus hervor.
„Strickst du eine Mütze, Findus? Guckt mal, Findus strickt eine Mütze!“
Sofort guckten mehrere Mäuse heraus, und alle piepsten durcheinander:
„Guckt mal, Findus strickt Mützen. – Strickst du eine Mütze, Findus? – Guckt mal, er trickt. – Trickt Mütze?“

Fröhlich hielt Findus sein Weihnachtsgeschenk hoch. Er legte es sich um den Bauch.
„Nein, das ist ein Weihnachtsgeschenk für Pettersson“, sagte er. „Das kann er sich um den Bauch binden und Zollstöcke reinstecken, damit er nicht mehr so oft suchen muss.“
„Zollsock tricken, Findus?“, piepsten die Mäuse. „Trickst du Tollsock? Er trickt Tollsock!“
„BUH!“, machte Findus, und die Mäuse verschwanden sofort im Karton. Dann wickelte er das Weihnachtsgeschenk ein und versteckte es unter der Treppe.
Sehr zufrieden mit sich selbst, stellte er sich ans Küchenfenster. Die Pfoten auf dem Rücken, wartete er darauf, dass die Tür zum Tischlerschuppen aufging.
Jetzt kann es eigentlich auf der Stelle Heiligabend sein, dachte er.

Kapitel 17

Endlich war es Heiligabend. Der Tag, auf den Pettersson und Findus so lange gewartet hatten. Findus, weil es so lange dauerte, Pettersson, weil die Zeit so schnell verging. Er hatte oft daran gezweifelt, ob er rechtzeitig mit seiner Weihnachtsmannmaschine fertig werden würde.
Aber gestern Abend hatte er die ganze Maschinerie in die Kiste im Vorraum gestellt. Er hatte ein Loch in die Wand zur guten Stube bohren müssen, um eine Schnur zum Fenster führen zu können. Dort wollten sie nach dem Weihnachtsmann Ausschau halten. Und wenn es so weit war, würde er an der Schnur ziehen und die Weihnachtsmannmaschine in Bewegung setzen.

Bald war es so weit.
Als es dämmrig wurde, gingen sie in die gute Stube. Findus fing sofort an, von den Süßigkeiten zu essen, die auf dem Tisch standen.
„Wann kommt der Weihnachtsmann?“, fragte er.
„Das weiß man nicht so genau“, sagte Pettersson. Er legte Holz im Kachelofen nach und setzte sich aufs Sofa.
„Sollen wir nicht wie immer auf Stühlen vorm Feuer sitzen?“, fragte Findus.
„Nein, hier ist es besser. Direkt vorm Feuer kriegt man so heiße Knie. Von hier aus sehen wir alles, das ganze Zimmer mit dem Tannenbaum, das Feuer und die Tür …“
„Ich will am Fenster stehen und sehen, wie die Laterne vom Weihnachtsmann auftaucht“, sagte Findus und sprang auf den Tisch am Fenster.
Pettersson blieb sitzen, trank Kaffee und rauchte seine Pfeife. Er war ziemlich nervös.
Er war zufrieden mit seiner Weihnachtsmannmaschine, das schaffte nicht jeder, aber trotzdem hatte er ein schlechtes Gefühl. Findus brauchte ja nur zu nah an die Puppe heranzugehen, und dann würde er sehen, dass alles nur Schummelei war.
Aber das Schlimmste war, dass, je näher der große Moment kam, Pettersson umso mehr spürte, dass er ein schlechtes Gewissen haben würde, wenn Findus glaubte, es sei der richtige Weihnachtsmann. Dann hätte er Findus beschwindelt und musste sich überlegen, ob er nicht alles erzählen sollte.
Trotzdem war er sehr gespannt darauf, ob es funktionieren würde. Schließlich hatte er drei Wochen lang darüber nachgegrübelt und gearbeitet.
„Kommt der Weihnachtsmann nicht bald?“, fragte Findus gegen die Fensterscheibe.
Pettersson stellte sich neben Findus. Er überprüfte, ob er die Schnur zur Weihnachtsmannmaschine erreichte.
„Doch, ich glaub, er kommt bald.“
Eine Weile standen sie da. Noch einen Augenblick, dann zieh ich an der Schnur, dachte Pettersson.
„Da leuchtet was!“, rief Findus.
„Was sagst du? Wo?“
„Hinterm Holzschuppen, aber jetzt ist es nicht mehr zu sehen.“

Pettersson spähte erstaunt in die Dunkelheit. „Meinst du wirklich? Stell dir vor, wenn das der Weihnachtsmann ist!“
Wahrscheinlich war es ein Autoscheinwerfer auf der Landstraße, dachte er.
Das passt gut, dann setz ich die Mechanik jetzt in Gang. Pettersson zog an der Schnur. Es knackte und polterte, als sich die Maschine in Bewegung setzte.
„Hast du das gehört?“, flüsterte Findus. „Da war was!“
Jetzt klopfte es dreimal. Pettersson und Findus waren beide gleichermaßen aufgeregt.
„Er kommt!“, flüsterte Pettersson. „HEREIN! Jetzt setzen wir uns schnell aufs Sofa.“
Er nahm den Kater und lief zum Sofa. Sie saßen unbeweglich da.
„Wollen wir nicht aufmachen?“, flüsterte Findus.
„Nein. Still. Er macht selbst auf.“
Langsam erschien die Weihnachtsmannpuppe in der Türöffnung. Im Zimmer

war es viel heller, als Pettersson es sich vorgestellt hatte, aber das machte nichts. Die Puppe sah so lebendig aus, als ob es ein richtiger Weihnachtsmann wäre. Sie bewegte sich weich, und sie stellte den Sack ordentlich ab, anstatt ihn einfach fallen zu lassen. Und der Bart bewegte sich, als sie sprach. Wahrscheinlich sind das die Erschütterungen durch die Maschine, dachte Pettersson.
„Fröhliche Weihnachten", sagte der Weihnachtsmann mit einer merkwürdig singenden Stimme, die viel schöner als vorher klang.
„Fröhliche Weihnachten", sagte Pettersson. Findus murmelte etwas leiser „Fröhliche Weihnachten". Er war auf der Hut. Er sah den Weihnachtsmann gleichzeitig ängstlich und neugierig an.
„Gibt es hier einen braven Kater im Haus?", fragte der Weihnachtsmann. Pettersson hatte sich daran gewöhnt, dass die Puppe „Gibt es hier brave Kinder im Haus?" sagte, und er hatte geübt zu antworten: „Nein, aber hier gibt's einen braven Kater." Jetzt war er so verwirrt, dass er stotterte: „Nein, hier gibt es … Kinder …"

Aber Findus rief: „Jaaa! Ich bin so brav, dass es reicht."
Pettersson saß wie verhext da. Irgendwas stimmte nicht. Es sah tatsächlich so aus, als ob der Weihnachtsmann lächelte. Und dann sagte er:
„Das ist gut, Findus. Dann sollst du etwas zu Weihnachten bekommen. Bitte sehr."
Findus war jetzt so aufgeregt, dass er nicht mehr still sitzen konnte, und Pettersson war so verwirrt, dass er vergaß, ihn festzuhalten. Der Kater sprang von seinem Schoß und lief zum Weihnachtsmann. Er nahm den Sack, sah dem Weihnachtsmann geradewegs in die Augen und sagte: „Vielen Dank, lieber Weihnachtsmann, dass du gekommen bist."

Der Weihnachtsmann lächelte. Findus begann sofort, den Sack leer zu räumen. Als sie hörten, wie die Haustür zuschlug, guckte Findus in den Vorraum.
„Er hat die Tür nicht ordentlich zugemacht", sagte er.
Pettersson saß immer noch da und versuchte zu verstehen, was passiert war. Das war einfach zu gut gegangen. Langsam erhob er sich und sagte abwesend:
„Hat er die Tür nicht ordentlich …"
Vorsichtig ging er hinaus in den Vorraum. Die Haustür war angelehnt. Im Neuschnee sah er kleine Fußspuren, die in die Dunkelheit führten. Sie verwischten immer mehr, und dann waren sie verschwunden.
Findus kam auch zur Tür. „Kannst du ihn noch sehen?"

„Wen?"
„Den Weihnachtsmann natürlich!"
Pettersson starrte den Kater wie betäubt an. Die Gedanken wirbelten ihm im Kopf herum. „Den Weihnachtsmann? Nein, hier ist keiner."
Findus lief wieder hinein.
„Komm jetzt, Pettersson! Mach die Tür zu. Wir wollen die Pakete auspacken."
Pettersson riss sich zusammen. Er warf der Kiste einen langen Blick zu.
Er hatte ein Gefühl, dass mit dieser Weihnachtsmannmaschine irgendetwas nicht stimmte. Aber mit dem Nachsehen musste er warten.
„Guck mal hier, was ich vom Weihnachtsmann gekriegt hab!", rief Findus.
Es war der Weihnachtsmannstab, den Pettersson gemacht hatte. Pettersson beruhigte sich ein wenig, als er sah, dass jedenfalls seine Weihnachtsgeschenke in dem Sack waren.
Findus machte das nächste Paket auf. Es war die kleine Schneekugel, die Pettersson dem Verkäufer abgekauft hatte.
„Guck bloß, genau so was hab ich mir gewünscht! Fast genau so eine, wie der Mann hatte, der uns Zeitungen verkaufen wollte."
„Ja, wie hübsch. Die hat dir gefallen, das wusste der Weihnachtsmann", sagte Pettersson. „Ist das nicht genau so eine?"

„Nein, in dieser ist der kleine Briefträger."
„Was sagst du da? Der kleine Briefträger? Ich dachte, es wär ein Weihnachtsmann."
Pettersson schaute genau hin. Drinnen im Schneegestöber war eine kleine Figur, die tatsächlich wie der Briefträger aussah. Als Findus die Kugel umdrehte, fuhr er vor und zurück.
„Das ist aber wirklich komisch … wie um alles in der Welt …"
„Das macht nichts", sagte Findus. „Mir gefällt der Schnee am besten. Der Briefträger ist auch in Ordnung. Er war ja so witzig."
Er holte ein weiteres Paket heraus.
„Hier ist noch ein Weihnachtsgeschenk. Mit einem Zettel dran. Was steht da?"
Pettersson erwachte aus seinen Gedanken und nahm das Paket. Die Schnur erkannte er wieder. Sie glitzerte von Gold.
„Für Pettersson" stand da. Erschrocken sah er Findus an. „Und das Paket ist auch im Sack gewesen?"
„Na klar, du musst doch auch ein Paket kriegen", sagte Findus. „Darf ich es aufmachen?" Er streckte die Pfoten aus.

Im Paket war ein kleiner Weihnachtsmann aus Holz, den man aufziehen konnte. Er sah Petterssons Weihnachtsmannpuppe merkwürdig ähnlich. Er bewegte sich vor und zurück, ohne die Beine zu bewegen. Er öffnete die Arme, als ob er den Sack loslassen wollte, genauso steif wie Petterssons Puppe. Dann ertönte ein kratzendes Geräusch aus der Puppe wie Lachen.
Pettersson war ganz verwirrt.
„Und das Paket war in dem Sack?“, fragte er wieder.
„Ja, was ist denn daran so komisch?“
„Nee … komisch ist das nicht …“
„Du siehst jedenfalls komisch aus.“
„Wirklich?“, sagte Pettersson schnell. „Das kommt wahrscheinlich daher, dass ich schon so lange kein Geschenk mehr vom Weihnachtsmann gekriegt habe.“
Er versuchte zu begreifen, was passiert war. So viel war seltsam daran. Er musste sich ganz einfach seinen Weihnachtsmann noch mal angucken!
„Ich komm gleich wieder. Warte hier“, sagte er und ging hinaus. Er machte die Tür hinter sich zu. Rasch holte er die Taschenlampe, öffnete die Klappe zur Weihnachtsmannmaschine und spähte hinein.
Die Puppe hatte keinen Bart mehr. Das Gesicht sah starr aus.
Die Arme hingen herunter, und die Puppe wirkte genauso unlebendig, wie sie war. Die Türklinke bewegte sich. Schnell machte Pettersson die Kiste zu und richtete sich auf. Findus guckte heraus.
„Was machst du da?“

„Ich wollte …“ Plötzlich fiel es ihm ein. „Dein Weihnachtsgeschenk! Ich wollte mein Weihnachtsgeschenk für dich holen.“
„Und du kriegst auch eins von mir!“, sagte Findus. „Ich hab’s unter der Treppe versteckt.“
Er holte es, und Pettersson nahm sein Paket von der Hutablage. Es war lang und ungleichmäßig. Findus öffnete es sofort.
„Oooh, noch ein Ski! Genau so einen hab ich mir gewünscht. Vielen Dank, Pettersson!“ Er umarmte die Beine des Alten. „Ich will sie sofort beide ausprobieren.“
Findus lief davon und holte den zweiten Ski.
Pettersson stand immer noch im Vorraum und versuchte zu verstehen, was passiert war. Wieder einmal musste er einsehen, dass Dinge geschahen, die nicht zu erklären waren. Man kann sich nur freuen, dass man Derartiges miterleben darf.

Und plötzlich hatte er kein schlechtes Gewissen mehr, weil er versucht hatte, Findus mit der Weihnachtsmannmaschine hinters Licht zu führen. Seine vielen Lügen in den letzten Wochen waren keine Lügen mehr.
Für Findus war es ganz selbstverständlich, dass er mit dem Weihnachtsmann gesprochen hatte. Daran war nichts Merkwürdiges, schließlich hatte er die ganze Zeit darauf gewartet.
Er kam zurück. Die Skier hatte er schon angeschnallt.
„Morgen werd ich fahren", sagte er. „Jetzt fall ich nicht mehr so oft um."
Und dann fiel er um. Pettersson lachte.
„Wahrscheinlich wird Skifahren mit zwei Skiern doppelt so schwer."
„Nee, nee, ich lern das schon. Hast du dein Paket ausgepackt?"
Pettersson wickelte den Werkzeuggürtel aus, den Findus gemacht hatte. Zuerst konnte er nicht erkennen, was es sein sollte.
„Du musst es dir um den Bauch binden, dann brauchst du deine Zollstöcke nie mehr zu suchen."
Pettersson war anzusehen, dass er sich freute.
„Du weißt, was ich brauche, du", sagte er. „Hast du das ganz allein gemacht? Du bist ja ein richtiger Erfinder!"
„Genau", sagte der Kater. „Und ich heiß ja auch Findus."

Foto: ©Alexander Lagergren

Sven Nordqvist,

geboren 1946 in Helsingborg/Schweden, studierte Architektur und war Dozent, bevor er zu einem international berühmten Bilderbuch-Künstler wurde. Kinder auf der ganzen Welt lieben seine Geschichten von Pettersson und Findus, haben Spaß an den Abenteuern von Mama Muh und lernen mit den von ihm illustrierten Sachbüchern. Sven Nordqvist wurde u. a. mit dem Deutschen Jugendliteraturpreis und dem schwedischen Astrid-Lindgren-Preis ausgezeichnet. Für sein grandioses Bilderbuch »Wo ist meine Schwester?« erhielt er den renommierten August-(Strindberg-)Preis.

Weitere Bilderbücher von Pettersson und Findus bei Oetinger:

ARMER PETTERSSON
AUFRUHR IM GEMÜSEBEET
EINE GEBURTSTAGSTORTE FÜR DIE KATZE
EIN FEUERWERK FÜR DEN FUCHS
FINDUS UND DER HAHN IM KORB
FINDUS ZIEHT UM
PETTERSSON KRIEGT WEIHNACHTSBESUCH
PETTERSSON ZELTET
SCHAU MAL, WAS ICH KANN, PETTERSSON!
PETTERSSON UND FINDUS. UNSERE SCHÖNSTEN ABENTEUER
PETTERSSON UND FINDUS. UNSERE SCHÖNSTEN GESCHICHTEN
WIE FINDUS ZU PETTERSSON KAM

Illustrationen: ©Sven Nordqvist

Geschichten von Pettersson und Findus gibt es außerdem in Pappbilderbüchern, Kinder- und Sachbüchern und als Audio-Geschichten.

Von Sven Nordqvist sind auch diese Bilderbücher erschienen:

DER WEG NACH HAUSE
SPAZIERGANG MIT HUND
WO IST MEINE SCHWESTER?

Oetinger

Weitere Informationen unter: www.oetinger.de
Newsletter: www.oetinger.de/newsletter